小偵探愛彌兒

Emil
und
die Detektive

耶里希・凱斯特納
Erich Kästner

華特・特里爾　Walter Trier ——— 繪
姬健梅 ——— 譯

目錄

名家導讀

穿越時間的經典價值

林怡辰（教育部閱讀推手）

小時曾看過一本偵探作品，對於裡面的情節印象深刻，但長大以後遲遲找尋不到。出版社寄來書稿，我才發現，原來那本讓我三十幾年不忘的經典，就是這本《小偵探愛彌兒》！

《小偵探愛彌兒》敘述少年愛彌兒要到柏林阿姨家玩幾天，在火車上，口袋裡的錢（媽媽交代要給外婆的錢，對愛彌兒來說是筆巨款）竟被壞人扒走，於是開始追捕小偷，也在柏林結識了一群熱心的孩子們……故事情節充滿起伏，尤其身為孩子怎麼和壞人抗衡，寫來真實不誇張，展現了幽默、機智、勇氣……故事精采，曾經改編為電影，舞台劇版曾在倫敦國家劇院演出，重要性可見一斑。

如果說這是一本偵探小說，又太小覷了《小偵探愛彌兒》。這本書之所以動人，不完全只因為它是偵探小說。可以將近一百年都還深受大小讀者喜愛，精采的內容永遠是第一名的祕密。主角愛彌兒只是一個平凡的孩子，而且偶爾還會犯一點小錯，如同你我，但愛彌兒五歲就失去了父親，深知母親蒂許拜恩太太的辛勞，母親以替人剪燙頭髮維生，經濟拮据，這次愛彌兒有機會前往柏林到阿姨家，也身負重大責任，要轉交媽媽給外婆的孝親費，也因此，這筆錢在外人看來也許是小錢，但對愛彌兒來說，意義重大。

一個人生地不熟的普通孩子，身無分文，在陌生大城市裡，怎麼找回媽媽要給外婆那筆重要的錢？看到這裡，好奇心和感同身受的同理心，讓讀者將全心都繫在愛彌兒身上。

跟蹤小偷的愛彌兒拿著行李，在廣場上，遇見了古斯塔夫，一個熱血的少年。古斯塔夫聽完愛彌兒的故事，召來了二十幾個平常玩耍的伙伴。沒想到這群孩子竟然開始思考、分工，有的回家等電話，當成訊息回報中心，有的人負責跟監，有的人跑進小偷住的飯店，透過服務生幫忙掌握小偷的行蹤，等待出動的時機……

故事的結尾不宜在此揭曉，除了極具真實感的驚險刺激情節以外，處處都有彩蛋。像是愛彌兒和媽媽之間的感情，愛彌兒從不做讓媽媽擔心的事，覺得和媽媽在一起就是最好的休閒活動，最後還堅持送媽媽電動吹風機和大衣，而媽媽在火車上反覆閱讀愛彌兒的報導……等等細節都看得出作者刻畫感情的功力，讓人對這對相依為命的母子充滿感情。

綜觀全書，每個角色都活躍紙上、追蹤小偷的過程合理又充滿偵探邏輯思考，還有親情、友情，以及樂於助人、禮貌的真誠價值，每翻一頁就覺得美好，是一本小書，卻覺得讀完心暖暢快又幸福，無怪乎，連英國伊莉莎白女王都說：「《小偵探愛彌兒》我一共讀了兩遍，第一遍看英文，第二遍看德文。」如果孩子還沒接觸過偵探故事，或是開始想嘗試長一點的篇幅，或是對閱讀沒有動力，在此推薦，《小偵探愛彌兒》是會讓您驚豔的選擇喔！

名家導讀

我的第一本偵探小說

葛琦霞（悅讀學堂執行長、台北市立大學學材系兼任講師）

一想到《小偵探愛彌兒》這本書，腦海裡就會出現喇叭聲，叭叭叭，後面有一大群男孩跑過來，好熱鬧又讓人熱血沸騰。

愛彌兒是個貼心又謹慎的男孩，身上帶著媽媽要給外婆的錢，獨自坐火車到柏林。這可是媽媽辛苦為鎮上的太太洗頭，省吃儉用留下來的錢。只是愛彌兒不知不覺睡著了，等他醒來，口袋裡的錢已經不見了。這可怎麼辦？

愛彌兒找到了偷錢的壞人，當機立斷，馬上跟蹤。這勇敢的孩子在柏林街頭，一心要追回被偷的錢。少年古斯塔夫發現愛彌兒，他熱心的在街上按著喇叭，於是，出現一群熱血的男孩，大家都要幫助愛彌兒，主動捐出零錢，分配工作，有人跟蹤，有人守著電話，讓愛彌兒好感動。於是，孩子們靠著合作、勇敢和機智，與小偷鬥智。

原作在一九二九年出版，一出版就深獲兒童喜愛。作者耶里希・凱斯特納被譽為德國兒童文學之父，他曾榮獲國際安徒生大獎（Hans Christian Andersen Awards）、德國格奧爾格・畢希納獎（Georg Büchner Preis）等獎項，作品也被改編為不計其數的廣播劇、兒童劇與電影劇本。當然，這本《小偵探愛彌兒》也不例外。

耶里希・凱斯特納透過生動的筆調，將鮮活的人物與一連串事件，以明快的節奏，一一展現在讀者眼前，讓我們在翻頁時，彷彿看到火車裡的胖太太、戴圓頂高帽的先生，還有在柏林街道按喇叭的古斯塔夫、分配任務的小教授，以及在家裡盡忠職守等著接電話的星期二。結局真是讓人忍不住心臟狂跳、大喊大叫！

愛彌兒受到大家歡迎，不僅是因為作者完全了解孩子的想法，故事中也表現出是非善惡的道德感，還有孩子對母親的貼心關懷，以及大人對孩子的信任與給予的自由空間。

故事的幽默感也處處可見，序中，作者寫了一個荒謬的故事，還好餐廳領班給了作者忠告；那個偷錢的壞人「叫古倫戴斯又叫繆勒又叫基斯林的先生」，念起來特別考驗口齒清晰程度，真是太好玩了。

一本歷久不衰的好兒童小說是什麼樣子？看這本《小偵探愛彌兒》就知道：人物必須有特色，善惡分明，情節有起伏，有幽默感，但又彰顯孩子的童趣；學習愛彌兒樂於跟朋友分享、體貼媽媽，以及對自己做的錯事能勇於面對並負起責任；更重要的是，書中的人物足以讓我們感動，讓我們放在腦海裡和心裡，知道有他陪伴，就能鼓起勇氣。

《小偵探愛彌兒》是我閱讀的第一本偵探小說，愛彌兒也是我童年最喜歡的故事人物。因為心裡一直有這本書，在成長的路上，始終有個喇叭聲提醒我要幫助別人；也始終有個男孩愛彌兒，提醒我要善良與貼心，要勇敢，要負責，還要有行動力。這本經典的兒童小說，有它陪伴，成長的道路將會充滿幽默與勇氣，帶領我們走向美好，走向成長，走出自己的人生。

小偵探愛彌兒

Emil

und

die Detektive

作者序

故事根本還沒有開始呢

各位小讀者，坦白說，我自己也沒有料到會寫愛彌兒的故事。我本來打算寫的是一本截然不同的書。在那本書裡，有害怕得牙齒喀喀打顫的老虎，以及嚇得抖動一身椰果的海棗樹，還有把身體塗成黑白方格的食人族女孩，她游泳橫渡太平洋，去向舊金山的「德林沃特公司」討一把牙刷。我替她取名為佩特席麗，當然是只有名字，沒有姓。

我打算寫一本道道地地的太平洋小說，因為有一次，一位留著一把大鬍鬚的先生對我說，這會是孩子們最喜歡的讀物。

而且我甚至連開頭那三章都寫好了。綽號叫「限時專送」的拉博納斯酋長正舉起他的小刀，刀上插著熱燙燙的烤蘋果，他屏氣凝神，快速的數到三百九十七……

忽然間，我想不起來鯨魚有幾條腿！我躺平在地板上思索，因為這種姿勢最能幫助我思考。可惜這次一點效果也沒有。我翻閱百科全書。先查了「鯨」，為了怕漏掉，又查了「魚」，哪裡都沒提到鯨魚有幾條腿。可是如果想要繼續寫下去，我非得弄明白不可，甚至得知道得非常清楚！

因為如果在這一刻，鯨魚從原始森林裡走出來時伸錯了腿，綽號叫「限時專送」的拉博納斯酋長就不可能擊中牠。

要是酋長沒用烤蘋果擊中鯨魚，身體塗成黑白方格的食人族女孩佩特席麗就絕不可能遇見清洗鑽石的雷曼太太。

而佩特席麗如果沒有遇見雷曼太太，就無法拿到那張寶貴的兌換券。只要在舊金山的「德林沃特公司」出示這張兌換券，就能免費得到一把亮閃閃的新牙刷。若是這樣，那麼……

可以說，我這本太平洋小說（而且我是這麼期待這本小說！）就敗在鯨魚的腿上。我希望你們能夠理解，這令我非常遺憾。我把這件事告訴菲德波根小姐，她差點哭了起來。但她因為正好要準備晚餐，沒有時間哭，就打算晚一點再哭。後來她就忘了這件事。

我打算將那本書命名為《原始森林裡的佩特席麗》。這個書名很棒，對吧？開頭那三章現在就墊在我家的桌腳下，免得桌子搖搖晃晃。可是，一部以太平洋為背景的小說難道該拿來墊桌腳嗎？

偶爾我會和餐廳領班尼登費爾先生聊聊我的工作，過了幾天，他問我究竟有沒有去過那下頭。

「哪個下頭？」我問他。

「喔，太平洋啊，還有澳洲、蘇門答臘、婆羅洲那些地方嘛。」

「沒去過，」我說：「你為什麼這樣問呢？」

「因為你要寫，也只能寫你見過而且熟悉的東西啊。」他回答。

「尼登費爾兄，你怎麼能這樣說呢！」

「這個道理再明白不過了，」他說：「常來我們店裡用餐的諾格鮑爾夫婦曾經雇用過一個女傭，這女傭從沒見過別人怎麼燒鵝。去年聖誕節，諾格鮑爾太太交代女傭燒一隻鵝，自己就出門去買東西了。等她回來，發現大事不妙！那女傭把從市場買來的鵝直接塞進了鍋裡，沒有拔毛，沒有切開，也沒有取出內臟。我偷偷告訴你，那股臭味可以薰死人。」

「那又如何？」我回答：「難道你是說燒鵝和寫書是同一回事？尼登費爾兒，請別見怪，但是我忍不住要大笑一番。」

等我笑完，而我也並沒有笑很久。然後他說：「太平洋啦、食人族啦、珊瑚礁啦……這些玩意兒就是你的鵝。而那本小說就是你打算用來燒煮太平洋、佩特席麗和那些老虎的鍋子。如果你還不知道這些玩意兒該怎麼燒，就可能會燒出驚人的臭味來。就像諾格鮑爾家的女傭一樣。」

「可是大多數的作家都是這麼做的啊！」我喊道。

「請慢用！」他只說了這句話。

我沉思了一會兒，才又重拾這個話題：「尼登費爾兒，你曉得席勒嗎？」

「席勒？你是指在森林城堡啤酒廠管理倉庫的那個席勒嗎？」

「才不是呢！」我說：「是文學家弗里德里希・馮・席勒，他在一百多年前寫了許多劇作。」

「原來是那個席勒啊！到處都有他的紀念雕像呢！」

「沒錯。他寫過一部以瑞士為背景的劇本，名叫《威廉・泰爾》，從前的小學生都得讀這齣戲劇來寫作文。」

「我小時候也寫過，」尼登費爾說：「這部作品我曉得，的確是一部了不起的劇作。不得不佩服這個席勒，教人沒話說。只不過寫作文真是件要命的事，我甚至還記得其中一篇，題目叫作：『威廉・泰爾瞄準蘋果時為什麼沒有發抖呢？』我那篇作文沒及格。總之，作文從來不是我的……」

「欸，現在讓我來發表一下意見吧，」我說：「要知道，雖然席勒一輩子也不曾去過瑞士，他寫的《威廉・泰爾》這部劇作，卻是一字一句都完全符合事實。」

「那是因為他事先讀過食譜。」尼登費爾說。

「食譜？」

「沒錯！所有的東西都寫在裡面了。像是瑞士的山有多高，積雪在什麼時候融化，還有當琉森湖上颳起暴風是什麼情況，以及當年農民起義反抗葛斯勒總督的情形。」

「這一點你倒是說對了，」我答道：「席勒的確讀了很多資料。」

「看吧！」尼登費爾說，一邊用手裡的餐巾打蒼蠅，「如果你也這樣做，事先讀讀書，那麼就算是澳洲的袋鼠故事，你當然也寫得出來了。」

「可是我根本沒有興致讀書。假如我有錢，我很樂意去那裡走一趟，仔細觀察一切，現在馬上就出發！可是讀書，唉……」

「那麼我要給你一個忠告，」他說：「最好寫你熟悉的事物，例如地下鐵、飯店之類的，也可以寫寫成天在你面前跑來跑去的小孩，畢竟當年我們自己也曾經是個小孩。」

「可是，有個留著一大把鬍鬚、對兒童瞭若指掌的人明明白白的告訴我，小孩子不喜歡這種故事！」

「胡說八道！」尼登費爾先生低聲嘀咕，「聽我的話準沒錯。畢竟我也有小孩，兩個兒子，一個女兒。每星期我休假的那一天，就說說餐廳裡發生的事給他們聽。像是有客人想要賴帳，或是有客人喝醉了，想要賞賣香菸的服務生一巴掌，卻打中了一位湊巧經過的高雅女士。我向你保證，我的孩子每次都聽得豎起耳朵，就像聽到地下室打雷一樣呢。」

「嗯，尼登費爾先生，你真的這麼認為嗎？」我猶豫的說。

「肯定沒錯！凱斯特納先生，你可以放一百二十個心！」說完他就走了，因為有個客人想要付帳，正用刀子大聲敲著玻璃杯。

於是我就寫了一個故事，寫的是我們（也就是你們和我）早就熟悉的事，其實就只是因為餐廳領班尼登費爾要我這麼做。

我先回家，懶洋洋的靠在窗台上一會兒，望著布拉格街，心想，說不定我正在找的故事會剛好從下面經過。那樣的話，我就會招手要它過來，對它說：「請上來坐一會兒吧！我想把你寫下來。」

可是那故事怎麼也不來，而我已經快凍僵了，於是我生氣的關上窗戶，繞著桌子跑了五十三圈。那也沒用。所以最終，我又像先前一樣，橫躺在地板上，用深思來打發時間。

這樣躺在房間裡，世界就有了一番全然不同的面貌。我看見椅子腳、拖鞋、地毯的花紋、菸灰、一團團的灰塵和桌腳，就連三天前在衣櫥裡遍尋不著的左手手套也在沙發底下找到了。我就這樣好奇的躺在房間裡，換個角度，改從下面打量周遭的一切，赫然發現椅子腳居然有小腿肚呢。貨真價實、結結實實的深色腿肚，就像黑人的腿，也像是學童穿著棕色長襪的小腿。

當我還在數那些椅子腳和桌腳，以便弄清楚究竟有幾個黑人或學童站在我的地毯上，愛彌兒的故事就在我腦中浮現了！也許是因為我正好想到穿著棕色長襪的學童？還是因為愛彌兒的姓氏「蒂許拜恩」在德文裡的意思就是「桌腳」呢？

總之，愛彌兒的故事就在這一瞬間出現在我腦海。我繼續躺著，一動也不動。因為靈感和漸漸浮現的回憶就像挨揍的狗兒一樣，如果你的動作太急，或是對牠們說話說得太急，還是想去撫摸牠們——牠們就會「咻」的跑走！要等到牠們再度膽怯的靠過來，你身上可能都要長出銅鏽了。

於是我靜靜躺著，一動也不動，對我的靈感露出親切的笑容。我想要讓它鼓起勇氣，而它也放下心來，幾乎信賴我了，一步一步的走近……這時我抓住它的脖子，逮住它了。

我抓住的是它的脖子。暫時就只有這樣。因為，緊緊揪住一隻狗的毛皮和抓住自己想到的故事，這兩者之間差別很大。如果抓住一隻狗的後頸，就差不多抓住了這整個傢伙，包括腳爪、口鼻、尾巴和其餘的一切。

但要抓住思緒就不一樣了。思緒要一點一點的抓。首先也許先抓住它的頭髮，接著左前腿就會飛過來，然後是右前腿、屁股、一條後腿，一一飛過來。當你以為這個故事已經完整了，沒想到又有一小片耳垂悠哉悠哉的晃過來。如果運氣好，最後你就拼出了整個故事。

我曾經在電影中見過一幕，讓我鮮明的想起剛才所描述的情形。電影中有個男子站在房間裡，身上只穿著一件襯衫。忽然門開了，長褲飛了進來，他便穿上長褲。接著左腳的靴子嗖嗖飛了進來，然後是手杖，再來是領帶、衣領、背心、一隻襪子、另一隻靴子、帽子、外套、另一隻襪子和眼鏡。那實在很瘋狂。可是到最後那個男子全身穿戴整齊，一樣也不缺。

當我躺在房間裡，數著桌腳，一邊想著愛彌兒，我腦中的故事也是這樣逐漸成形。類似的情況想來你們偶爾也碰過。我躺在那裡，抓住從四面八方飛進我腦中的思緒，靈感就是這樣來的。

最後我把所有東西一一湊在一起，這個故事就完成了！現在我只需要坐下來，把故事按照順序寫下來。

而我當然也這麼做了。假如我沒有這麼做，現在你們手裡就不會拿著《小偵探愛彌兒》這本書了。不過在那之前，我還得趕緊完成另一件事。我將左腳的靴子、衣領、手杖、領帶、右腳的襪子……這些東西一件件寫下來——按照它們從門口朝我跑過來的順序，直到我完整搜集到全部。

一個故事，一部小說，一篇童話——這些東西彷彿有著生命，而且說不定它們根本就是生物。它們有頭有腳、有血液循環，還穿著衣服，就像真正的人類一樣。要是臉上少了鼻子，或是穿著兩隻不一樣的鞋子，仔細一看就會發現。

在我有條有理的開始述說這個故事之前，我想先展示一下，故事的各個環節朝我擲來的那一場靈感轟炸。

也許你們夠厲害，在我說故事之前，就能用這些環節拼湊出整個故事來？這件工作就像是用別人給你們的積木建造出一座火車站或是教堂，不但沒有設計圖，積木還要用到一塊不剩！

這幾乎就像一場考試。

唉，真討厭！

但是不會打分數。

謝天謝地！

第一張圖：愛彌兒本人

首先出場的是愛彌兒本人，正穿著他那套深藍色西裝，這是正式場合才穿的衣服。他一點也不喜歡，只有在非穿不可的時候才勉強套上。藍色衣服很容易就會沾上討厭的汙漬，這時候愛彌兒的媽媽就會沾溼衣刷，把兒子夾在她的膝蓋之間，在衣服上又擦又刷，一邊叨念著：「孩子呀，孩子，你明知道我沒錢替你再買一套。」這時候愛彌兒才會想到，為了讓他們母子有飯吃，並且讓他能去讀實科中學[1]，媽媽每天從早忙到晚，但是他想到的時候，總是太遲了。

1 德國的學生念完小學四年級後，可以選擇進入學制六年的實科中學就讀。在實科中學，除了一般學科，也會學習應用外語、商科等職業取向的學科。

第二張圖：愛彌兒的媽媽，美髮師蒂許拜恩太太

愛彌兒五歲時死了父親，他父親生前是白鐵匠師傅。從那以後，愛彌兒的母親就替人剪、燙頭髮，也替附近的店員小姐和主婦洗頭。除此之外，她還得煮飯、做菜、維持家中的整潔，大件衣物也都是由她親手洗滌。媽媽很疼愛彌兒，慶幸自己能夠工作賺錢。有時候她會唱起輕快的歌曲，有時候她會生病。媽媽生病的時候，愛彌兒就替她和自己煎荷包蛋。他會煎蛋，也會把麵包泡軟，再摻上洋蔥和碎牛肉煎成肉餅。

第三張圖：一節很重要的火車車廂

這列火車要開往柏林，從故事的頭幾章，就能預見在這節車廂裡將會發生怪事。火車車廂其實是個奇怪的地方。素不相識的人擠成一堆、坐在一起，過了幾個鐘頭，就會變得非常熟悉，彷彿彼此已經相識多年。這種情況有時候挺好，也合情合理，有時候卻不見得如此。因為誰曉得坐在對面的是什麼樣的人？

第四張圖：頭戴圓頂高帽的先生

誰也不認識他。雖然說，在對方沒有證明自己不是好人之前，我們應該假定每個人都是好人。但是我想由衷的勸告各位，還是小心為妙。因為俗話說得好：知人知面不知心。有人說人性本善。嗯，這話也許說得沒錯，但是可別太輕易相信這個人是好人，否則他有可能會忽然變成壞人。

第五張圖：小帽波妮，愛彌兒的表妹

騎在小腳踏車上的這個小孩是愛彌兒的表妹，她住在柏林，叫作小帽波妮。有些人可能不知道，「表妹」就是媽媽的兄弟姊妹的孩子，也就是說，波妮的媽媽和愛彌兒的媽媽是姊妹。小帽波妮是個很可愛的女孩，而且這並不是她的本名，只是她的綽號。

37　作者序　故事根本還沒有開始呢

第六張圖：位於諾倫朵夫廣場的飯店

諾倫朵夫廣場位於柏林。如果我沒記錯，那家飯店就在這座廣場上，這個故事裡的各色人物在這家飯店相遇，但是並沒有握手。不過，這家飯店也可能位於威登堡廣場，甚至也許是在費柏里納廣場。其實，我很清楚這家飯店的位置！但是飯店老闆一聽說我要把這件事寫成一本書，就跑來找我，說我不該寫出廣場的名字，因為如果大家知道「那種人」曾經在這家飯店過夜，可想而知會損害飯店的名聲。我表示我能理解，於是那位老闆就離開了。

HÔTEL KREID
HOTEL

第七張圖：拿著喇叭的少年

他名叫古斯塔夫，在體育課上總是拿高分。此外他還有一副好心腸和一個喇叭。街坊的孩子全都認得他，把他當成總統一般來對待。每當他跑著穿過一座座庭院，並且叭叭叭按下喇叭，所有的男孩就會擱下手邊的事情，啪嗒啪嗒跑下樓來，詢問發生了什麼事。通常古斯塔夫只是想要組成兩支球隊來踢足球，於是大夥兒就湧到遊戲場去。不過，有時候那支喇叭也另有用途，例如在這個跟愛彌兒有關的故事裡。

第八張圖：某間銀行的小小分行

大銀行在各個城區都設有分行。只要有錢，就可以買賣股票，有存款帳戶的人也可以在這裡領錢。還可以將支票兌換成現金，只要那不是「劃線支票」。有時候也會有學徒和幫忙跑腿的女孩到這兒來，想把十馬克換成一百個十芬尼硬幣[2]，好讓自家店裡的收銀員有零錢可找。如果想把美金、瑞士法郎或義大利里拉換成德國貨幣[3]，也可以在這裡兌換。偶爾就連夜裡都會有人到銀行來，雖然在那個時間銀行裡沒有人替他們服務，但他們可以自己動手。

2　一馬克等於一百芬尼。

3　如今多數歐洲國家都使用歐元，但是從前每個歐洲國家都有自己的貨幣。例如德國貨幣是馬克，義大利貨幣是里拉，法國貨幣則是法郎。

第九張圖：愛彌兒的外婆

在我認識的所有老太太當中，愛彌兒的外婆是最開朗的。雖然她操勞了一輩子，沒有享過福。有些人不費吹灰之力就能開心快活，對另一些人來說，要開心快活卻是件吃力的大事。愛彌兒的外婆以前跟愛彌兒的爸媽一起住。愛彌兒的父親去世之後，她才搬到柏林跟她的另一個女兒同住，因為愛彌兒的母親掙的錢太少，沒辦法養活三個人。如今這位老太太住在柏林。她每次寫信來，最後一定寫著：「我很好，希望你們也都過得很好。」

第十張圖：大報社的排字房

凡是發生在世間的事都會登在報紙上——只要那件事稍微有點不尋常。如果一頭小牛有四條腿，當然誰也不會感興趣。可是如果牠有五條腿或六條腿（這種事的確會發生！），那麼大人就會想在吃早餐時讀到這則新聞。如果繆勒先生為人正直，那麼誰也不會想知道這件事。可是如果繆勒先生把水攙進牛奶裡，再把兌了水的牛奶當成鮮奶出售，那他就會上報。他本人想阻攔也阻攔不了。你們曾經在夜裡經過報社旁邊嗎？那裡會發出叮叮咚、噠噠噠、轟隆隆的聲音，連牆壁都在搖晃。

好了，現在終於要開始講故事了！

第一章

愛彌兒幫忙洗頭

「拿著那壺熱水跟我來！」蒂許拜恩太太說，自己拿起一個水壺和裝著洋甘菊洗髮精的藍色小罐子，從廚房慢慢走進客廳。愛彌兒拿起另一壺水，跟在媽媽身後。

客廳裡坐著一位婦人，把頭彎在白色的洗臉盆上。她的頭髮解開了，就像三磅毛線一樣往下垂。愛彌兒的媽媽把洋甘菊洗髮精倒在那頭金髮上，開始替她洗頭，洗得冒出了泡泡。

「水會太燙嗎？」媽媽問。

「不會，可以。」那顆腦袋回答。

「啊，原來是麵包店的維特太太！妳好！」愛彌兒說，把手裡的水壺放到洗臉台下面。

「愛彌兒，你真好命哪，聽說你要去柏林。」那顆腦袋說，聽起來就像是浸在鮮奶油裡說話。

「雖然他根本不想去，」愛彌兒的媽媽說，一邊用力搓揉麵包店老闆娘的頭髮。「可是這孩子何苦把假期都耗在這裡？他還沒去過柏林，而我妹妹瑪塔一直都想要邀請我們去玩。我妹夫在郵局工作，是內勤人員，收入很不錯。可惜我沒辦法一起去，要忙的事太多了。反正愛彌兒也夠大了，只要一路小心一點就好。再說，我媽會去火車站接他，在腓特烈大街那一站的花店門口碰面。」

「他一定會喜歡柏林的，小孩子都會覺得那裡很好玩。一年半以前，我跟保齡球俱樂部的人去過一次。真是熱鬧啊！有些街道在夜裡真的就跟在白天一樣明亮，而且汽車非常多！」維特太太從洗臉台底下說。

「有很多外國汽車嗎？」愛彌兒問。

「我怎麼會知道呢？」維特太太說，忍不住打了個噴嚏，洗髮精的泡沫鑽進她鼻子裡了。

「好了，你快去準備吧。」媽媽催促愛彌兒，「你那套外出穿的西裝已經放在臥室裡。你去穿上衣服，等我替維特太太做好頭髮，我們就可以開飯了。」

「我要穿哪件襯衫？」愛彌兒問。

「全都放在床上了。穿襪子的時候要小心，先把腳洗乾淨，還要替鞋子穿上新鞋帶。動作快點！」

愛彌兒不情願的哼了一聲，慢吞吞的走開。

維特太太燙了漂亮的頭髮，照照鏡子，感到滿意，她離開之後，愛彌兒的媽媽走進臥室，看見愛彌兒正悶悶不樂的走來走去。

「媽，外出穿的西裝是誰發明的？」

「抱歉，我不曉得。你為什麼想知道呢？」

「只要給我地址，我就去給那傢伙好看。」

「噢，你還真命苦啊！別人家的小孩還會因為沒有外出穿的衣服而傷心呢。所以說，每個人都有自己的煩惱……對了，趁我還沒忘記，今天晚上向瑪塔阿姨要個衣架，把這套西裝掛好。不過，掛起來之前要先澈底刷乾淨，可別忘囉！明天你就可以穿回毛衣和這件像強盜的外套了。還有別的事嗎？行李箱已經裝好了，要給阿姨的花束也包好了，要給外婆的錢我待會兒給你。現在我們要吃飯了，來吧，小伙子！」

蒂許拜恩太太攬著愛彌兒的肩膀，帶他到廚房。午餐是加了火腿的通心粉，撒上磨碎的帕瑪森乾酪。愛彌兒狼吞虎嚥的吃了很多。他偶爾擱下叉子，朝媽媽看過去，彷彿擔心媽媽會生氣，氣他在即將離家之前居然胃口這麼好。

「到了那裡，就馬上寫張明信片回來。我替你準備好明信片了，放在行李箱裡，就在最上面。」

「我會的。」愛彌兒說，偷偷把一根掉在膝蓋的通心粉推到地上去。幸好媽媽沒注意到。

「代我問候大家，而且事事要小心。柏林跟我們新鎮不同。星期天姨丈會帶你去腓特烈皇家博物館。你要安分一點，免得別人說我們這兒的人不懂規矩。」

「我用名譽擔保。」愛彌兒說。

吃過飯，母子二人走進客廳。媽媽從櫥子裡拿出一個鐵盒，清點盒子裡的錢。數過以後她搖搖頭，又再數了一次，這才問道：「昨天下午有誰來過？」

「托瑪斯小姐，」愛彌兒說：「還有洪布格太太。」

「沒錯。可是金額還是不對。」她想了想，找來記錄店裡收入的紙條，計算了一下，最後說：「少了八馬克。」

「收瓦斯費的人今天早上來過。」

「啊，沒錯！這樣就對了。」媽媽吹了聲口哨，大概是想取笑一下自己的過度擔憂，然後從鐵盒裡拿出三張鈔票。

「聽著，愛彌兒，這裡是一百四十馬克。一張百元鈔和兩張二十馬克的鈔票。你把一百二十馬克交給外婆，請外婆不要為了我上一次沒寄錢給她而生氣。上一次我手頭很緊。所以這次由你親自帶錢給她，而且數目比平常更多一點。錢拿給外婆之後要親她一下，明白嗎？剩下那二十馬克你留著，等你要搭火車回家的時候，就用來買車票。大概要花十馬克吧，我不確定票價究竟是多少。外出的時候，如果你要吃東西、喝飲料，就用剩下的錢付帳。再說，口袋裡放點閒錢總是好的，萬一需要的時候就能派上用場。好了，這是瑪塔阿姨來信的信封，我把這些錢放進去。你要小心，別弄丟了！你打算放在哪裡呢？」

她把三張鈔票放進側面被裁開的信封裡，再把信封對折，交給了愛彌兒。

愛彌兒想了一下，就將信封塞進外套右側的內袋，塞到最底下。為了讓媽媽放心，又從外面拍拍那件藍色外套，信心十足的說：「這樣放，錢就不會爬出來了。」

「還有，在車廂裡千萬別告訴別人你身上帶了這麼多錢！」

「媽，不會啦！」愛彌兒簡直覺得受到了侮辱。媽媽竟然認為他會做出那種蠢事！

蒂許拜恩太太又拿了一點錢放在她的錢包裡，然後就把鐵盒放回櫥子，匆匆再讀一遍妹妹從柏林寄來的信，信裡仔細寫著愛彌兒要搭的那班火車的發車時間和抵達時間……

讀者當中肯定有人覺得不過是區區一百四十馬克，美髮師蒂許拜恩太太實在沒必要這麼認真交代兒子。對每個月賺兩千馬克、兩萬馬克、甚至是十萬馬克的人來說，的確沒必要這麼斤斤計較。

但是，假如你們還不知道的話，我得告訴各位：大多數的人掙的錢都很少。不管你們怎麼想，如果一個人每星期只能賺到三十五馬克，就一定會把省吃儉用存下來的一百四十馬克當成一大筆錢。對無數的人來說，一百馬克幾乎就像是一百萬，可以說他們寫下一百馬克時，心裡會在後面加上六個零。而一百萬實際上究竟是多少錢，這些人就算在夢中也無法想像。

愛彌兒沒有爸爸，幸好媽媽有工作，在家中客廳裡替人美髮，幫金髮和棕髮的客人洗頭，不辭辛勞的工作，好讓他們母子有飯吃，付得起瓦斯費、煤炭錢、房租、買衣服的錢、書籍費和學費。只不過有時候媽媽會生病，躺在床上。醫生會來看診，開藥方。愛彌兒就會替媽媽熱敷，在廚房裡為媽媽和自己做飯。當媽媽睡了，愛彌兒甚至還會拿溼抹布擦地板，免得媽媽說：「我得起床了，家裡髒亂得一塌糊塗。」

如果現在我告訴你們，愛彌兒是個模範少年，你們應該能夠理解，而不會哈哈大笑吧？要知道，愛彌兒很愛媽媽。媽媽不停的工作、算帳、又再工作，要是他自己敢偷懶，他會羞愧死了。所以他怎麼會不寫作業？怎麼會去抄李察．納曼的作業？又怎麼會在有機可趁的時候逃學？愛彌兒看見媽媽努力讓他什麼都不缺，其他同學有的東西他也都有。他怎麼還能欺騙媽媽，讓媽媽操心呢？

愛彌兒是個模範少年。這是事實。但他不是那種由於膽小、吝嗇、缺乏朝氣而不得不當個乖寶寶的孩子。愛彌兒是個模範少年，是因為他想要當個模範少年！他下定了決心，就像別人下定決心不再整天泡在電影院，或是不再吃糖果一樣。儘管如此，他常常覺得很難做到。

可是，當復活節假期來臨，而他可以在回家時說：「媽媽，這是我的成績單，我又是第一名！」他就感到心滿意足了。他喜歡在學校和各個地方受到稱讚，不是因為這令他開心，而是因為這令媽媽開心。為了他，媽媽這輩子不辭辛勞，替他做了這麼多事。能夠用自己的方式稍微報答母親，這令愛彌兒感到自豪。

「唉呀，」媽媽喊道：「我們該去火車站囉！已經是一點十五分了，兩點不到火車就要開了。」

「那我們出發吧，蒂許拜恩太太！」愛彌兒對他母親說：「不過，我要先聲明，行李箱我自己提！」

第二章

耶許克警官什麼也沒說

在家門口，媽媽說：「如果有軌馬車來了，我們就搭車到火車站。」

你們知道「有軌馬車」是什麼模樣嗎？既然它剛好從街角轉過來，因為愛彌兒招手而停下，在馬車繼續慢吞吞的行駛之前，我就很快的向你們描述一下。

首先要說的是，有軌馬車是很罕見的。其次，它就像真正的有軌電車一樣在鋼軌上跑，而且車廂也跟電車很相似，但是拉車的是一匹馬。愛彌兒和他的朋友都認為這實在很落伍，他們幻想著有高架電車線和地面電車線的軌道電車，前面有五個車燈，後面有三個。可是新鎮的鎮長認為這短短四公里的軌道，只需要活生生的一匹馬力就足以勝任。所以到目前為止，還根本談不上使用電力，駕駛員也完全不必使用什麼操縱桿，而是左手握著韁繩，右手拿著馬鞭，吆喝一聲就行了。

如果搭乘有軌馬車的人住在市府路十二號，想要下車的時候只要敲敲車窗，司機就會大喊一聲要馬兒停住，而乘客就到家了。真正的站牌也許是在三十號或四十六號的門牌前面，但是「新鎮電車公司」一點也不在意。公司有的是時間，馬兒有的是時間，司機有的是時間，新鎮的居民也有的是時間。真正趕時間的人就會走路……

蒂許拜恩母子在火車站廣場下了車。愛彌兒正要把行李箱從車上拿下來時，一個渾厚低沉的聲音在他們身後響起，「噢，你們要搭車去瑞士嗎？」

那人是耶許克警官。愛彌兒的母親回答：「不是的，我兒子要到柏林的親戚家去住一個星期。」而愛彌兒眼前變成了深藍色，差點一片漆黑，因為他的良心很不安。不久前，實科中學有十幾個學生在河邊上完體育課之後，偷偷在大公爵的雕像頭上戴了一頂舊氈帽，那個大公爵名叫「歪臉卡爾」。因為愛彌兒很會畫圖，另外幾個同學就把他抬高，要他用彩色筆在大公爵臉上畫個紅鼻子和一撇黑色的小鬍子。他還沒畫完，耶許克警官就出現在上城廣場的另一頭！

愛彌兒和朋友們一哄而散。可是耶許克警官恐怕已經認出了他們。

但是，這會兒耶許克警官什麼也沒說，而是祝愛彌兒旅途愉快，並且詢問他母親身體可好，店裡生意如何。

儘管如此，愛彌兒還是忐忑不安。當他穿過空蕩蕩的廣場把行李箱提到火車站，只覺得膝蓋軟軟的沒有力氣。他料想耶許克警官隨時可能會忽然追在他身後大喊：「愛彌兒·蒂許拜恩，你被逮捕了！把手舉起來！」可是什麼事也沒發生。也許警官想要等到愛彌兒從柏林回來再逮捕他？

接著他母親在售票口買了車票（當然是只有木頭座椅的三等車廂）和一張月台票。然後他們走到第一月台（新鎮火車站有四個月台），等候駛往柏林的火車。再過幾分鐘，車子就要來了。

「親愛的，下車時東西要記得拿！坐下的時候，不要壓到那束花！請人幫你抬行李箱到行李架上，但是要有禮貌，記得要說『請』！」

「行李箱我自己就放得上去，我又不是紙糊的！」

「好吧。還有，不要坐過頭了。你會在下午六點十七分抵達柏林的腓特烈大街車站。不要搭到動物園站就提早下車囉！」

「別擔心啦，小姐。」

「對待別人不能像跟媽媽說話時這樣沒大沒小。要吃香腸麵包時，也別把包裝紙扔在地上。還有，錢別掉了！」

愛彌兒心裡一驚，伸手去摸外套，把手探進右邊胸前的內袋，然後鬆了一口氣說：「一個也沒少。」

他挽起媽媽的手臂，在月台上來來回回的散步。

「媽媽，妳可別工作過度！也別生病！萬一生病了，沒有人照顧妳。那我就會馬上搭飛機回家。而且妳也要寫信給我。說好喲，我頂多只在柏林住一個星期，知道了嗎？」

他緊緊摟住媽媽，媽媽在他鼻子上親了一下。

駛往柏林的普通列車來了，鳴著汽笛，發出嗚嗚聲響，停了下來。愛彌兒再摟住媽媽的脖子一會兒，然後就提著行李箱登上車廂。媽媽遞給他花束和用紙包著的麵包，問他有沒有座位。愛彌兒點點頭。

「記得在腓特烈大街那一站下車！」

愛彌兒點點頭。

「外婆會在花店門口等你！」

愛彌兒點點頭。

「要守規矩，你這個頑皮鬼！」

愛彌兒點點頭。

「要對小帽波妮好一點。這麼久沒見，你們可能根本認不出對方了。」

愛彌兒點點頭。

「要寫明信片給我喔。」

「媽媽也要寫給我。」

假如沒有火車時刻表，他們大概還會這樣繼續說上一、兩個鐘頭。背著紅色小皮包的列車長喊道：「乘客請趕快上車！乘客請趕快上車！」車廂的門「啪」一聲關上，火車頭猛然駛動，開走了。

母親久久揮動著手帕，然後她緩緩轉身，走路回家。既然手帕已經拿在手裡，她也就哭了一會兒。

但是她沒有哭多久，因為肉店的老闆娘奧古斯丁太太已經在家裡等著了，想要好好洗個頭。

第三章
柏林之旅就此展開

愛彌兒脫下學生帽，詢問車廂裡的乘客，「大家好，請問還有空位嗎？」

當然還有空位。一個胖太太脫下左腳的鞋子，因為那鞋子太緊了，她對坐在旁邊的男子說：「這麼有禮貌的小孩如今很少見了。想當年我小的時候，唉！那時的風氣可是完全不同哪。」她一邊說，一邊有節奏的轉動左腳襪子裡的腳趾，因為先前被鞋子擠得難受。她身旁的男子呼吸時喘得很厲害，幾乎連點頭都很困難。

愛彌兒早就知道有些人老是愛說：唉，從前的一切都比現在好。所以如果有人說從前的空氣比較新鮮，或是從前的公牛腦袋更大，他就充耳不聞。因為這些話通常都不是真的，而那些人就只是想發發牢騷而已，如果不這樣說，他們就沒什麼牢騷可發。愛彌兒伸手去摸外套右邊的口袋，聽見那個信封沙沙作響，這才放下心來。同車廂的旅客看起來都可以信賴，並不像是強盜或殺人犯。在那個喘得厲害的男子旁邊坐著一位婦人，正在鉤一條圍巾，在愛彌兒旁邊靠窗的位子上，坐著一位頭戴圓頂高帽的先生，正在看報紙。

那位先生忽然把報紙擱在一邊，從口袋裡拿出一小塊巧克力，遞給愛彌兒說：「怎麼樣，小朋友，想吃一塊嗎？」

「那我就不客氣了。」愛彌兒回答，接過了那塊巧克力，然後才趕緊脫下帽子，鞠了個躬，說道：「我名叫愛彌兒・蒂許拜恩。」

同車廂的旅客都露出微笑。那位先生也鄭重其事的把頭上的圓頂高帽稍稍抬起，說：「幸會，我叫古倫戴斯。」

接著那個把左腳鞋子脫下來的胖太太問道：「新鎮那個叫庫茲哈斯的布商還活著嗎？」

「噢，庫茲哈斯先生當然還活著。」愛彌兒說：「妳認識他嗎？他最近剛買下他那家店的土地。」

「這樣？那請你轉告他，說大格呂瑙鎮的雅各太太向他問好。」

「可是我要搭車去柏林啊。」

「不急，等你回來的時候再說。」雅各太太說，又轉動起腳趾，一邊哈哈大笑，笑得帽子都滑到她臉上了。

「噢，這樣啊，你要去柏林？」古倫戴斯先生問道。

「是啊，我外婆會在腓特烈大街車站的花店門口等我。」愛彌兒回答，一邊又伸手去摸他的外套。那個信封仍舊沙沙作響，真是謝天謝地。

「你去過柏林嗎？」

「沒去過。」

「噢，那你可要大開眼界了！柏林最近蓋了一百層樓高的房子，他們得把屋頂緊緊綁在天空上，才不會被風吹走……如果有人特別趕時間，想要到另一個城區去，那麼郵局的人就會趕緊把他裝箱，塞進一根管子裡發射出去，就像一封用氣送管傳送的郵件[1]，送他到想要去的那個城區郵局……誰要是沒錢，可以拿自己的大腦去銀行抵押，就能借到一千馬克。因為人少了大腦就只能再活兩天，而且還得償還銀行一千兩百馬克才能贖回大腦。如今已經發明了非常先進的醫療器材，所以……」

「你的大腦大概也拿去銀行抵押了吧，」那個大聲喘氣的男子對頭戴圓頂高帽的先生說，隨即又加了一句：「別再胡說八道了！」

胖胖的雅各太太嚇了一跳，不再轉動她的腳趾。鉤圍巾的婦人也放下了鉤針。

愛彌兒尷尬的笑了。那兩位先生爭論起來，吵了好一會兒。愛彌兒心想：隨你們吵吧！就打開了那包香腸麵包，雖然他才剛吃過午餐不久。當

---

1 氣送管是利用氣壓原理，先把要傳送的物品放置在容器內，再經由金屬管或塑膠管傳送到想送達的地方。最早是用來傳送郵件，可以在城市的不同郵局之間快速傳遞郵件；如今一些大型機構（例如工廠、銀行、醫院）也會使用這種裝置來傳送物品。

他啃著第三塊麵包，火車在一座大車站停了下來。愛彌兒沒有看見站牌，也沒聽懂乘務員在窗前大喊些什麼。幾乎所有的乘客都下車了：喘氣不休的男子、鉤圍巾的婦人，還有雅各太太。她差點就來不及下車，因為她無法把鞋子再穿回去扣好。

「那麼，要代我向庫茲哈斯先生問好喔。」她又說了一次，愛彌兒點點頭。

現在車廂裡就只剩下愛彌兒和那位頭戴圓頂高帽的先生。愛彌兒並不怎麼喜歡這樣。一個請別人吃巧克力，還說著瘋狂故事的男子令人難以捉摸。愛彌兒想再摸摸裝錢的信封，讓自己安心，但是他不敢伸手。當火車繼續行駛，他走到廁所，從口袋裡拿出信封，把錢數了一遍（數目還是正確的），他有點不知道該怎麼做才好。最後想到了一個主意。他拿起外套衣領上找到的大頭針，先用大頭針穿過三張鈔票，再穿過信封，最後穿過外套的襯裡。把錢牢牢釘住了。嗯，他心想，這樣就萬無一失了，才又走回車廂裡。

古倫戴斯先生舒舒服服的坐在角落裡睡覺。愛彌兒很高興不必跟他聊天，於是望向窗外。樹木、風車、原野、工廠、牛群和對著火車揮手的農夫。看著這一切旋轉著從窗外掠過，幾乎像是在一張唱片上轉動，令人心曠神怡。但是他總不能接連幾個鐘頭持續凝視著窗外。

古倫戴斯先生還在睡，甚至微微打著鼾。愛彌兒很想在車廂裡走來走去，但是那會吵醒對方，而他一點也不希望對方醒來。於是他靠在另一邊的角落，打量著這個睡著的人。為什麼這個人一直戴著帽子呢？他有一張長臉，一撇又細又黑的小鬍子，嘴角有上百條細小的皺紋，耳朵很薄，是

對招風耳。

唉呀！愛彌兒打了個寒顫，嚇了一跳。他差點就睡著了！千萬不能睡著。要是再多一個人坐進這節車廂就好了。火車停了幾次，但沒有人上車。而現在才下午四點，愛彌兒還得再搭兩個多鐘頭的車。他在自己腿上捏了一下，在學校裡上布廉瑟老師的歷史課時，捏自己的腿一向能幫助他免於打瞌睡。

這讓愛彌兒保持了片刻清醒。他心裡想，不知道小帽波妮現在是什麼模樣，但是他根本想不起她的面貌了。只記得上一次她和外婆還有瑪塔阿姨一起到新鎮作客時，曾經想和他打拳擊。愛彌兒當然拒絕了，因為她是「紙量級」，而他至少是「輕量級」。如果和她對打是不公平的。要是愛彌兒給她一記上鉤拳，事後別人就得從牆上把她挖出來。她卻不肯罷休，直到瑪塔阿姨出面干涉。

唉喲！他差點從椅凳上掉下來。難道他又睡著了嗎？他又捏了自己的腿，捏了一下又一下。他的腿上肯定到處都是青一塊、紫一塊，儘管如此還是沒有用。他試著數扣子，先從上面往下數，再從下面往上數。從上面往下數是二十三顆鈕釦，從下面往上數是二十四顆。愛彌兒靠在椅背上，思考這是怎麼回事，兩個數字怎麼會不一樣呢？

想著想著，他就睡著了。

第四章

東奔西跑的一場夢

忽然間，愛彌兒覺得火車彷彿一直在繞圈圈，就像小孩子在房間裡玩的小火車。他看出窗外，感到很奇怪。火車繞的圈圈愈來愈小了，火車頭跟最後一節車廂愈來愈接近，而且彷彿是故意的！這列火車追著自己轉圈，就像一隻想要咬住自己尾巴的小狗。而在這個飛快轉動的黑色圓圈裡，聳立著一棵棵樹木和一座玻璃磨坊，還有一棟兩百層樓高的大樓。

愛彌兒想看看現在幾點了，從口袋裡把錶掏出來。他掏了又掏，最後竟然掏出了母親房間裡的落地鐘。他看看鐘面，上面寫著：「時速一百八十五公里。嚴禁在地板上吐痰，否則會有生命危險。」他又看出窗外。火車頭愈來愈接近最後一節車廂了。愛彌兒很害怕，因為火車頭要是撞上了最後一節車廂，一定會發生事故，這一點毫無疑問。無論如何，愛彌兒不想呆坐著等，於是打開車廂的門，沿著車廂外的踏板往前移動。難道是駕駛員睡著了嗎？愛彌兒一邊向前攀爬，一邊看每一節車廂的窗子，裡面全都沒有坐人，這列火車是空的。愛彌兒只看見一個男子，那人戴著一頂巧克力做成的圓頂高帽，從帽簷掰下一大塊巧克力，大口吃下去。愛彌兒敲敲窗玻璃，指指火車頭，但是那個男子只是大笑著又掰下一塊巧克力，摸摸自己的肚子，因為實在太好吃了。

愛彌兒終於抵達了煤水車[1]，以一個俐落的拉單槓動作爬到了駕駛員身邊。駕駛員蹲坐在馬車夫的座位上，揚起了鞭子，一手握著韁繩，彷彿火車前面繫著馬匹似的。而果真是這樣！三匹馬一排，共有三排九匹馬拉著這列火車。牠們的馬蹄上穿著銀色的溜冰鞋，在鐵軌上滑行，一邊唱著：難道啊難道，我非得出城去嗎？

愛彌兒用力搖車夫的身體，喊道：「趕快勒住馬！不然就要出事了！」這時他看見那個車夫不是別人，正是耶許克警官。耶許克警官用凌厲的眼神盯著愛彌兒，大聲說：「另外那幾個小子是誰？是誰在卡爾大公爵的雕像上塗鴉？」

1　現代的火車大都已經電氣化了，使用的是電力，但是早期的蒸汽火車是藉由燒煤把水加熱以產生蒸汽，所以火車上會加掛一節煤水車，用來存放蒸汽機所使用的煤和水。

「是我！」愛彌兒說。

「還有誰？」

「我不說！」

「那我們就繼續轉圈吧！」

於是耶許克警官鞭打馬匹，馬兒提起前蹄直立起來，然後跑得比先前更快了，追著那最後一節車廂。而最後一節車廂裡坐著雅各太太，她把鞋子拿在手裡揮動，害怕極了，因為那些馬兒張嘴去咬她的腳趾。

「警官先生，我可以給你二十馬克。」愛彌兒大喊。

「少說這種蠢話！」耶許克大聲說，瘋了似的鞭打那幾匹馬。

這時愛彌兒再也受不了了，就跳下了火車。他跌落在邊坡上，翻了二十個筋斗，幸好沒受傷。他站起來，回頭去看那列火車。火車停住了，那

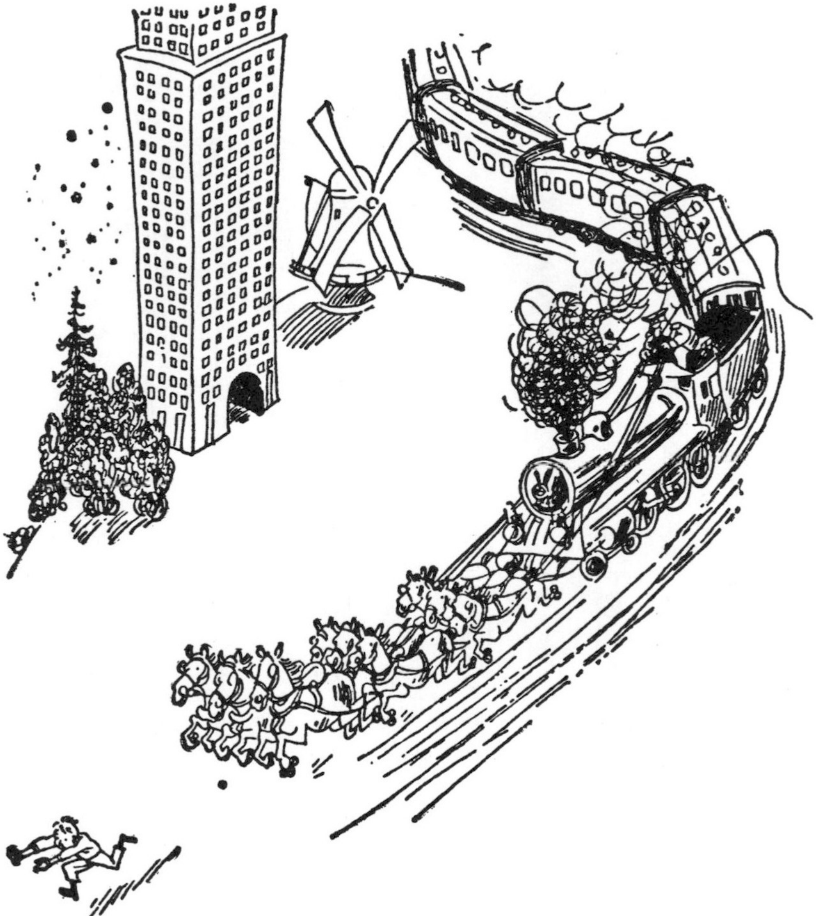

九匹馬都轉過頭來看著愛彌兒。耶許克警官一躍而起，用鞭子抽打那些馬兒，吼道：「吁！快跑！快去追他！」於是那九匹馬從鐵軌上跳下來，衝向愛彌兒，後面拖著的一節節車廂就像皮球一樣蹦蹦跳跳。

愛彌兒沒有多想，急忙拔腿就跑，跑過一片草地，經過許多樹木，渡過一條小溪，跑向那棟摩天大樓。偶爾他會回頭看看，那列火車仍然轟隆隆的在他身後緊追不捨，把樹木都撞倒、撞斷了。只有一棵巨大的橡樹還屹立著，胖胖的雅各太太就坐在最高的枝椏上，隨風搖動，她在哭，因為穿不上鞋子。愛彌兒繼續跑。

那棟兩百層樓高的大樓有一扇黑色大門。愛彌兒衝進那扇門，穿過那棟樓，從另一頭再跑出來。那列火車還是追在他後面。愛彌兒很想找個角落坐下，好好睡一覺，因為他實在累壞了，全身都在顫抖。但是他不能睡著！那列火車已經轟隆隆的穿過了那棟大樓。

愛彌兒看見一具鐵梯，一直往上通到屋頂，於是他開始往上爬。幸好體育是他的拿手項目。他一邊爬，一邊數著他爬了幾層樓，一直爬到第五十層樓才敢回頭看。樹木已經變得很小很小，那座玻璃磨坊幾乎難以辨識。可是，媽呀！那列火車也開上樓來了！愛彌兒繼續往上爬，愈爬愈高。而那列火車轟隆隆、噠噠噠的爬上了梯子的一節節橫木，彷彿那是鐵軌似的。

第一百層樓，第一百二十層，第一百四十層，第一百六十層，第一百八十層，第一百九十層，第兩百層！愛彌兒站在屋頂上，不知道接下來該怎麼辦。他已經能聽見馬兒嘶鳴的聲音。這時愛彌兒跑到屋頂的另一端，從外套裡掏出手帕，攤了開來。當馬兒汗涔涔的爬上屋頂邊緣，後面拖著那列火車時，愛彌兒把攤開的手帕高舉在頭上，縱身跳入空中。他還聽見火車撞上了煙囪，接著他有好一會兒什麼也聽不見，什麼也看不見。

然後他撲通一聲摔落在草地上。

他先是疲倦的躺著，緊閉雙眼，其實很想做個美夢。可是因為他還無法完全放心，便抬起頭朝那棟大樓望過去，看見那九匹馬在屋頂上張開了雨傘。耶許克警官也拿著一把傘，用來驅趕那些馬。牠們用後腿站立，猛一使力，從高空往下跳。這時那列火車朝著草地滑翔而下，變得愈來愈大。

愛彌兒又跳了起來，跑著穿越草地，朝那座玻璃磨坊狂奔。那座磨坊是透明的，他看見媽媽在裡面，正在替奧古斯丁太太洗頭。他心想，謝天謝地，就從後門跑進了磨坊。「媽！」他喊道：「我該怎麼辦？」

「親愛的，出了什麼事？」媽媽問道，雙手仍繼續替客人洗頭。

「妳看看牆外就知道了！」

蒂許拜恩太太抬頭望去，正好看見那些馬兒拉著那列火車降落在草地上，然後朝著磨坊衝過來。

「那不是耶許克警官嗎？」媽媽說，訝異的搖搖頭。

「他一直追著我，好像發瘋了！」

「為什麼呢？」

「不久前，我在上城廣場那尊歪臉卡爾大公爵的雕像臉上畫了個紅鼻子和一撇小鬍子。」

「噢，不然那撇小鬍子該畫在哪裡呢？」奧古斯丁太太問道，說完還噗哧一笑。

「哪裡也不該畫，奧古斯丁太太。但這還不是最糟的。耶許克警官想知道當時有誰在場，但我不能告訴他。這可是名譽問題。」

「愛彌兒說的沒錯，」媽媽說：「可是我們現在該怎麼辦呢？」

「親愛的蒂許拜恩太太，妳就啟動馬達吧。」奧古斯丁太太說。

愛彌兒的母親拉下桌邊的一個操縱桿，磨坊風車的四扇葉片就開始轉動。由於那些葉片是玻璃做的，在陽光照耀下閃爍發亮，讓人根本無法直視。當那九匹馬拖著火車跑到磨坊前面，牠們膽怯了，高高抬起了前蹄，一步也不想再往前走。耶許克警官出聲咒罵，隔著玻璃牆都能聽見，但是那些馬兒一動也不肯動。

「現在妳可以放心繼續替我洗頭了，」奧古斯丁太太說：「妳兒子不會有事的。」

於是美髮師蒂許拜恩太太繼續工作。愛彌兒在一張椅子上坐下，吹了一聲口哨，那張椅子也是玻璃做的。這時他大笑著說：「這真是太棒了。早知道媽媽在這裡，我就不會爬上那棟該死的大樓了。」

「希望你沒把西裝扯破了！」媽媽說，接著問道：「你有好好保管那筆錢嗎？」

這時愛彌兒被猛然推了一下，砰的一聲從那張玻璃椅子上摔了下來。

然後他就醒了。

第五章

愛彌兒提前下了車

愛彌兒醒來時，火車剛好又再度開動。他睡著的時候從椅凳上摔了下來，這時躺在地板上，嚇了一大跳，只不過他還不確定是為了什麼。他的一顆心怦怦跳動，像支蒸汽錘一樣。此刻他蜷縮在火車上，差點忘了自己身在何處，好不容易才又一點一滴的回想起來。對了，他正搭車前往柏林，後來他睡著了，就跟那位戴著圓頂高帽的先生一樣……

愛彌兒猛然坐直了，喃喃自語：「他走了！」他膝蓋顫抖，慢慢站起來，習慣性的將西裝拍拍乾淨。接下來要問的是：那筆錢還在嗎？面對這個問題，他懷有說不出的恐懼。

他靠在門邊好一會兒，一動也不敢動。先前那個名叫古倫戴斯的男子就坐在對面，在那裡睡著了，還打鼾呢，現在卻不見了。當然，有可能什麼事也沒發生，光是這樣就馬上想到最糟的情況，其實有點蠢。畢竟又不是每個人都得坐到柏林腓特烈大街那一站——只因為愛彌兒自己要坐到那一站。而那筆錢肯定也還在老地方，因為第一：錢塞在他口袋裡。第二：錢裝在信封裡。第三：錢用大頭針別在外套襯裡上。於是他緩緩伸手去摸外套右側的內袋。

口袋是空的！錢不見了！

愛彌兒用左手在口袋裡翻來翻去，用右手從外套外面又摸又按。結果還是一樣：口袋空了，錢不見了。

「唉喲！」愛彌兒把手從口袋裡抽出來。而他抽出來的不僅是手，還有先前他用來別住那幾張鈔票的大頭針。留下來的只有那根大頭針了。針扎在他左手的食指上，流血了。

他用手帕包住手指頭，哭了起來。他之所以哭，當然不是因為流了這一點血。兩個星期前他撞上了路燈柱子，差點把燈柱都撞歪了，他的額頭到現在還腫著一個包，但是當時他可一聲也沒哭。

他是為了那筆錢而哭，為了他母親而哭。誰要是不了解這一點，這人就無可救藥，再勇敢也沒用。愛彌兒知道媽媽辛苦工作了好幾個月，才省下這一百四十馬克給外婆，也才能讓他去柏林玩。而這位少爺一坐上火車，就靠在角落裡睡著了，做著瘋瘋癲癲的夢，讓一個壞蛋偷走了他的錢。難道還不該哭嗎？現在他該怎麼辦？難道要在柏林下車，然後對外婆說：「我來了，但是我得告訴妳，妳不但拿不到錢，還得趕緊給我旅費，讓我能再搭車回新鎮去，不然我只好走路回家了。」

真慘哪！母親白白節省了，外婆卻一毛錢也拿不到。他無法待在柏林，也不能搭車回家。這全都要怪那個請小孩吃巧克力然後假裝睡著的傢伙，到最後他就偷走了小孩身上所有的錢。可惡啊，這是什麼世界！

愛彌兒強忍住又要流出來的眼淚，看看四周。如果拉下緊急警報器的繩子，火車就會馬上停住，一個乘務員會跑過來，接著再來一個，然後又再來一個。而他們全都會問：「出了什麼事？」

他會說：「我的錢被偷了。」他們會這樣回答：「下一次你最好小心一點，請再上車坐好！你叫什麼名字？住在哪裡？扯動緊急警報器一次要付一百馬克。我們會寄帳單給你。」

假如這是快車，那麼至少還能穿過一節節的車廂，從火車尾一直跑到火車頭，到服務員室去通報失竊。但這是慢車！在這種車廂並不相通的慢車上，就得等到火車停靠下一個車站。到那時候，那個頭戴圓頂高帽的男人早就逃得不知去向了。愛彌兒甚至連那個人是在哪一站下車的都不知道。現在幾點了？什麼時候會到柏林？一棟棟高樓和別墅從車窗外掠過，別墅的庭院裡種著五彩繽紛的花草，接著掠過車窗外的是髒兮兮的紅色煙囪，又高又大。可能已經到柏林了。到了下一站，他得去找乘務員，把事情一五一十的告訴他，而乘務員就會趕緊向警方報案。

真是夠了，這下子他還是得跟警方打交道。這樣一來，耶許克警官當然也不會再保持沉默，他會向局裡報告：「我也說不上來，但是我不喜歡新鎮這個實科中學生愛彌兒．蒂許拜恩。他先是把應該要尊敬的銅像塗得髒兮兮，然後又讓人偷走了一百四十馬克。或許他的錢根本沒被偷？會在銅像上塗鴉的人也會說謊，這種事我見多了。說不定他把錢埋在樹林裡，還是吞掉了，打算帶了錢跑到美國去？追捕那個小偷毫無意義，實科中學生蒂許拜恩自己就是小偷。局長先生，請您逮捕他。」

太可怕了，愛彌兒不敢對警方說出真相。

他從架子上拿下行李箱，戴上帽子，把那根大頭針再插回外套領子上，做好下車的準備。雖然他完全不知道該怎麼做，但是在這節車廂裡，他連五分鐘也待不住了。

這時火車逐漸減速，愛彌兒看見外面有好幾條閃閃發亮的鐵軌。接著火車就從月台旁邊駛過。幾個搬運行李的工人跟著火車跑，想賺點搬運費。

火車停下來了！

愛彌兒看出窗外，看見一個牌子高掛在鐵軌上方，上面寫著：動物園站。車門開了，旅客紛紛從各節車廂出來，下了車。另一些人已經在月台上等候，開心的張開了雙臂。

愛彌兒把身體從車窗探出去，尋找列車長。這時他看見了一頂黑色的圓頂高帽，就在不遠的地方，混在人群之中。難道是那個小偷？也許他偷走了愛彌兒的錢之後根本沒下車，只是換到另一節車廂？

下一秒鐘，愛彌兒站在月台上，擱下了行李箱，又再爬上車，因為他忘了先前放在行李架上的花束。他再度下車，使勁抓住行李箱，高高提起，隨即用最快的速度跑向出口。

那頂圓頂高帽在哪裡呢？愛彌兒在人群當中跌跌撞撞的往前走，行李箱還撞到了別人，接著他又繼續跑。人潮愈來愈擁擠，要從人群當中穿過愈來愈難。

在那裡！那頂圓頂高帽在那裡！咦，那一邊也還有一頂！愛彌兒幾乎提不動行李箱了，真想就這樣扔下它。可是這樣一來，連行李箱也會被人偷走！

終於他擠到了那頂圓頂高帽旁邊。

有可能就是那個傢伙！是不是呢？

不是。

那邊還有一頂。

也不是，那個人太矮了。

愛彌兒在人群中鑽來鑽去，像個印第安人。

在那裡，在那裡！

謝天謝地，就是那個傢伙，就是那個古倫戴斯。他正要通過驗票閘門，神色十分匆忙。

「等著瞧，你這個壞蛋，」愛彌兒咬牙切齒的說：「我會逮到你！」然後他遞出了車票，改用另一隻手提著行李箱，把花束夾在右手臂下面，跟在那人身後跑下樓梯。

一切就看現在了。

第六章
一七七路電車

愛彌兒恨不得朝那傢伙衝過去，堵住他的路，大喊：「還我錢！」但是對方看起來不會回答：「好孩子，我很樂意，錢在這裡。我下次不敢了。」事情可沒這麼簡單。目前最重要的是別讓那個人離開視線。

愛彌兒躲在一個走在他前面的胖婦人後面，不時從她身後探出頭來，瞧瞧左邊，再瞧瞧右邊，看看小偷是否還在視線之內，免得對方忽然跑走了。小偷此時走到了車站大門，在那裡停下腳步，環顧四周，打量著從他身後湧來的人群，彷彿在找人。愛彌兒緊緊貼在那個胖婦人身後，愈來愈接近小偷了。現在該怎麼辦？眼看著愛彌兒就要從小偷身旁經過，到時候就無法再躲躲藏藏了。這個婦人會幫助他嗎？可是她八成不會相信愛彌兒說的話。而那個小偷會說：「這位太太，這是什麼話？妳怎麼會這樣想？難道我有必要去偷小孩子的錢嗎？」到時候所有的人都會盯著愛彌兒，大聲叫嚷：「真是太過分了！居然敢誣賴大人！唉，現在的小孩子真是放肆啊！」光是這樣想像，愛彌兒的牙齒就已經在打顫了。

幸好小偷又轉開頭，走出了車站。愛彌兒趕緊跳到門後，放下行李箱，從門上裝了鐵柵的玻璃看出去。唉，手臂好痠哪！

那個小偷慢慢過了馬路，再一次回頭張望，然後相當鎮靜的往前走。這時一列電車從左邊駛來，停住了，電車號碼是一七七。那人考慮了一下，就登上前一節車廂，在一個靠窗的座位坐下。

愛彌兒再抓起行李箱，低著頭，沿著車站大廳跑，找到了另一個出口，跑到馬路上，在那列電車即將開動時，從後面趕上了後一節車廂。他把行李箱扔上車，隨即爬上去，再把行李箱塞進一個角落，自己站在行李箱前，鬆了一口氣。好了，這一關通過了！

可是接下來該怎麼辦呢？如果小偷在電車行駛當中跳下車去，那筆錢就再也找不回來了。因為愛彌兒無法提著行李箱跳車，那樣太危險了。

汽車真多啊！它們匆匆忙忙的從電車旁邊擠過去，嗶嗶叭叭的響著喇叭，向左邊或右邊伸出紅色的轉向指示臂[1]，轉過街角，其他汽車跟在後

1　二十世紀初的汽車還沒有如今汽車上所配備的方向燈，所以要轉彎時，會伸出紅色的指示臂向周圍的車輛示警。

面擠過去。真吵啊！而人行道上的行人也真多啊！車輛從四面八方湧來，有電車、馬車，還有雙層巴士！每個街角都站著賣報紙的人。漂亮的櫥窗裡展示著花卉、水果、書籍、金錶、服飾和絲綢內衣。還有好高、好高的房屋。

原來這就是柏林。

愛彌兒很想好好打量這一切，但是他沒有時間。在前面那節車廂裡坐著一個人，那人拿了愛彌兒的錢，而且隨時可能會下車，消失在擁擠的人潮中。若是這樣，那就完了。因為在一大堆汽車、人群和巴士當中，想找到一個人是何等困難。愛彌兒把頭伸出去看。萬一那人已經不見了呢？那麼就剩下愛彌兒隻身一人繼續搭著電車，不知道該去哪裡，也不知道是為了什麼搭車。而外婆正在腓特烈大街車站的花店門口等候，渾然不知她的外孫此時心中滿是煩惱，正搭著一七七路電車在柏林市區晃蕩。真是氣死人了！

這時候，電車第一次停了下來。愛彌兒緊緊盯著前面一節車廂，但是沒有人下車，只是上來了許多新乘客，也有些乘客從愛彌兒身旁經過。一位先生罵道：「你沒看見有人要上車嗎？」因為愛彌兒把頭伸出去，擋了別人的路。

在車廂裡賣票的查票員拉了拉繩子，鈴聲響起，電車繼續行駛。愛彌兒又站回角落裡，別人擠著他，踩到了他的腳。愛彌兒驚慌的想：「我身上沒有錢！等查票員過來，我就得買一張車票。如果我沒錢買車票，他就會趕我下車。這樣一來，我就完蛋了。」

愛彌兒看看站在自己身旁的乘客，他能不能扯扯其中一人的大衣，問道：「可以請你借點錢給我買車票嗎？」唉，大家的表情都這麼嚴肅！有個人在看報，另外兩個人聊起一樁銀行大竊案。

「他們真的挖了一條地道，」其中一個乘客說：「從地道爬進銀行，掏空了所有的保險箱。損失可能有好幾百萬。」

「要查清楚保險箱裡原本究竟放了些什麼東西非常困難，」另一個人說：「因為租保險箱的人沒有義務告訴銀行，鎖在裡面的是什麼東西。」

「有人會說保險箱裡放了價值幾十萬馬克的鑽石，但裡面其實就只放了一疊不值錢的紙鈔，或是一打白銅湯匙。」第一個人說。兩個人都笑了起來。

「這種情形也會發生在我身上，」愛彌兒難過的想，「我要是說古倫戴斯先生從我這兒偷走了一百四十馬克，誰也不會相信我。那個小偷會反過來說我真不要臉，明明就只有三馬克五十芬尼而已。天底下就有這麼倒楣的事！」

查票員走過來，離車門愈來愈近了。現在他已經站在門邊，大聲的問：「誰還沒有買車票？」

查票員撕下大張的白色紙條，用剪票鉗在紙條上夾出一排洞。站在車門口的人把錢遞給查票員，收下了車票。

「那，你呢？」查票員問愛彌兒。

「我把錢搞丟了，查票員先生。」愛彌兒回答，因為他認為誰也不會相信他的錢被偷了。

「錢搞丟了？這種話我聽多了。你要搭到哪裡呢？」

「這……我還不知道。」愛彌兒結結巴巴的說。

「這樣啊，那你就先在下一站下車，然後考慮一下你想去哪裡。」

「不行，查票員先生，我必須要待在這輛車上，拜託你。」

「我叫你下車，你就下車，懂了嗎？」

「給這個孩子一張車票！」先前在看報的那位先生說，他把錢給了查票員，查票員就給了愛彌兒一張車票，一邊對那位先生說：「你不知道每天有多少孩子上車來，謊稱自己忘了帶錢。事後他們就會笑我們笨。」

「這個孩子不會笑我們。」那位先生說。

查票員又往回走了。

「先生，真是太謝謝你了。」愛彌兒說。

「沒什麼，不用客氣。」那位先生說，又繼續讀他的報紙。

接著電車再度停下。愛彌兒把身體探出去，想看看那個頭戴圓頂高帽的人是不是下車了。可是他什麼也看不見。

「可以給我你的地址嗎？」愛彌兒問那位先生。

「做什麼用呢？」

「等我有錢的時候，就可以還你。我大概會在柏林停留一個星期，我會把錢送過去給你。我名叫愛彌兒・蒂許拜恩，是從新鎮來的。」

「不用了，」那位先生說：「車票當然是送給你的。需要我再給你一點錢嗎？」

「絕對不要，」愛彌兒堅決的說：「我不能拿你的錢！」

「那就隨便你囉。」那位先生說，又繼續看報了。

電車走走停停，愛彌兒從路標上讀出這條漂亮大街的名字，叫作凱薩大道。他搭著電車，不知道要往哪裡去。而在另一節車廂裡坐著一個小偷。說不定這列電車上還站著或坐著別的小偷。沒有人關心愛彌兒。有位陌生的先生送了他一張車票，但此刻這位善心人士又在看報了。

這座城市是如此龍大，愛彌兒卻是這麼渺小。沒有人想知道他為什麼沒有錢，又為什麼不知道自己該在哪裡下車。有四百萬人住在柏林，卻沒有人對愛彌兒．蒂許拜恩感興趣。誰也不想知道別人的煩惱。每個人自己的喜樂和憂愁就已經忙不完了。如果有人說：「這真是太遺憾了。」通常就等於是在說：「唉，別來煩我！」

事情會怎麼發展下去？愛彌兒艱難的吞了一口口水。他感到非常、非常的孤單。

第七章
舒曼街起了一場大騷動

當愛彌兒站在一七七路電車上，沿著凱薩大道行駛，不知道自己將會抵達何方，外婆和表妹小帽波妮卻在腓特烈大街車站等他。她們按照約定站在花店門口，一再望向時鐘。有許多人經過，拿著行李箱和木箱，提著盒子和皮包，捧著花束，但是愛彌兒不在那些人當中。

「說不定愛彌兒已經長得很高了？妳覺得呢？」小帽波妮問外婆，推著她那輛鍍鎳的小型腳踏車走來走去。其實她根本不該帶腳踏車來的，可是她一直吵著要帶，到後來外婆說：「妳就帶吧，傻丫頭！」現在這個傻丫頭心情很好，期待愛彌兒會露出崇拜的眼神。「他一定會覺得這輛腳踏車很棒。」她很有把握的說。

外婆漸漸感到不安。「這到底是怎麼回事？都已經六點二十了，火車應該早就到了。」她們又焦急的守候了幾分鐘，然後外婆叫波妮去打聽一下。

小帽波妮當然是推著腳踏車去。「站長先生，請問你知道從新鎮開來的火車在哪裡嗎？」她問那個站在閘門口的鐵路局職員，那人拿著剪票鉗，留心每個從他身旁通過的乘客是否都拿著車票。

「新鎮？新鎮？」他想了一下，「啊，對了，是十八點十七分那一班！那列火車早就已經進站了。」

「咦？這就怪了，因為我們在花店那邊等著我表哥愛彌兒呢。」

「很好，很好。」那人說。

「為什麼你會覺得很好呢，站長先生？」波妮好奇的問，一邊玩著她腳踏車的鈴鐺。

那個鐵路局職員沒有回答，轉身不再理會這個小孩。

「哼，真是個怪小子。」波妮覺得自己被忽視了。「再見！」

有幾個人笑了。鐵路局職員生氣的咬住嘴唇。小帽波妮快步走回花店。

「外婆，火車早就進站了。」

「發生了什麼事呢？」老太太思索著，「假如他根本沒搭這班火車，他媽媽一定會拍電報通知我們。難道他下錯站了嗎？可是我們明明說得很清楚啊！」

「我也不懂，」波妮裝腔作勢的說：「他一定是下錯站了。男生有時候笨得要命。我敢打賭！外婆，等著看好了，我說的準沒錯。」

因為沒有別的辦法，她們只好繼續等下去。五分鐘過去了。

又過了五分鐘。

「這樣等下去也不是辦法，」波妮對外婆說：「我們很可能會白等一場。會不會還有另一家花店呢？」

「妳去四處看一看，但是別去太久！」

小帽波妮又推著她的腳踏車，在火車站裡巡視了一遍，確定車站裡並沒有第二家花店。然後她又纏住兩個鐵路局職員問個不休，才得意洋洋的回來。

「外婆啊，」她說：「車站裡並沒有另一家花店。假如有的話，也未免太奇怪了。嗯……對了，下一班從新鎮來的火車會在晚上八點三十三分抵達，也就是過了八點半之後。現在我們先回家吧，八點整的時候我再騎車過來。要是到時候他還是沒出現，我就要寫封信去把他罵個臭頭。」

「波妮，講話要文雅一點！」

「不然就說……他會收到一封超級難聽的信。」

外婆露出擔憂的表情，搖著頭說：「事情有點不妙，事情有點不妙。」外婆一激動起來，每句話都會說兩次。

她們慢慢走路回家。途中經過威登達默橋，小帽波妮問：「外婆，妳要坐在我腳踏車的車把上嗎？」

「少來！」

「為什麼？妳也不會比齊克勒家的阿圖更重。我騎車的時候他就常坐在車把上。」

「這種事要是再發生一次，妳爸爸就會沒收妳的腳踏車，妳永遠都別想再騎車了。」

「哼，什麼事都不能讓你們知道。」波妮氣呼呼的說。

等她們回到舒曼街十五號的家裡，波妮的爸媽非常焦急。每個人都想知道愛彌兒人在哪裡，卻沒有人知道。

波妮的爸爸建議拍個電報給愛彌兒的媽媽。

「看在老天的分上，這怎麼行！」波妮的媽媽大聲說：「她會嚇死的。我們八點鐘再去火車站一趟，說不定他會搭下一班火車。」

「但願如此，」外婆嘆著氣說：「可是我忍不住覺得事情有點不妙，事情有點不妙！」

「事情有點不妙。」小帽波妮說，憂心忡忡的把她的小腦袋搖來搖去。

第八章

拿著喇叭的少年出現了

頭戴圓頂高帽的男子在德勞特瑙街和凱薩大道的交叉口下了車。愛彌兒看見了，趕緊拿起行李箱和花束，對那位在看報的先生說：「先生，再次向你致上萬分的謝意！」隨即下了車。

小偷從第一節車廂的前面穿越軌道，走向對面的街道。電車隨後開走，不再阻擋視線，愛彌兒看見那人起初拿不定主意的停下腳步，接著走上通往一個露天咖啡座的臺階。

現在又得小心為上，就像個要抓跳蚤的偵探。愛彌兒迅速看清四周的環境，發現街角有個售報亭，趕緊跑過去躲在那後面。這是個絕佳的躲藏地點，夾在售報亭和一根張貼廣告的圓柱之間。愛彌兒放下行李，摘下帽子，監視著小偷的動靜。

那人在露天咖啡座坐下，緊鄰著欄杆，抽著一根香菸，神情愉悅。一個小偷居然如此愉快，被偷的人卻得心情鬱悶，愛彌兒覺得這實在令人作嘔，卻不知道該怎麼辦才好。

他躲在售報亭後面，彷彿自己才是小偷，而對方不是，這究竟有什麼意義？現在他知道小偷坐在凱薩大道上的優斯堤咖啡館裡，喝著色澤明亮的啤酒，抽著香菸，而這又有什麼用？如果這傢伙現在起身離開，這場賽跑就得繼續進行。小偷若是留在咖啡館，那麼愛彌兒就得站在售報亭後面，也許要一直站到他臉上長出長長的白鬍子。只差沒有警察走過來，對他說：「小子，你的形跡很可疑，乖乖跟我走吧，否則我要替你戴上手銬了。」

忽然有喇叭聲在愛彌兒身後響起！害他大吃一驚，往旁邊一跳，轉過身來，看見一個少年站在那裡，帶著嘲弄的表情。

「唉呀，別嚇得從椅子上摔下來。」那個少年說。

「剛才是誰在我後面按喇叭？」愛彌兒問道。

「哈，當然是我啊。你不是這一區的人吧？不然你早就知道我口袋裡有個喇叭。在這一帶我可是無人不知、無人不曉。」

「我住新鎮，剛搭火車過來。」

「噢，從新鎮來的啊？難怪穿著這麼土氣的西裝。」

「把這句話收回去！否則我就一拳把你打昏。」

「嘿，生氣啦？」那個少年好脾氣的說：「天氣這麼好，用來打拳擊太可惜了，不過，隨便你，放馬過來吧！」

「我們留到以後再打，」愛彌兒說：「現在我沒空。」他又望向對街的咖啡座，看看古倫戴斯是不是還坐在那裡。

「我還以為你時間多得很呢！帶著行李箱和花束躲在售票亭後面，跟自己玩捉迷藏，我猜總該有十公尺到二十公尺長的時間。」

「不，」愛彌兒說：「我在監視一個小偷。」

「什麼？我聽見『小偷』這個字眼，」那個少年說：「誰被偷了？」

「我！」愛彌兒說，簡直感到有點得意。「在火車上，我睡著的時候。一共是一百四十馬克，是要帶到柏林給外婆的錢。後來小偷躲到另一節車廂去，在動物園那一站下了車。我當然也跟著他下車了。之後我又跟著他坐上了電車。現在他坐在那邊的咖啡座上，戴著他的圓頂高帽，心情好得很。」

「哇，這實在太棒了！簡直就像電影一樣！」那個少年大聲說：「現在你打算怎麼做？」

「我也不知道。就這樣一直跟蹤下去吧。一時間我也還不知道下一步該怎麼做。」

「跟那邊那位警察說吧，他會抓住小偷的。」

「我不想告訴警察。其實我在我們新鎮那兒做了件蠢事，說不定警察已經盯上我了。要是……」

「唉呀，我懂！」

「而我外婆還在腓特烈大街那一站等我呢。」

拿著喇叭的少年想了一會兒才說：「嗯，我覺得追小偷這件事真了不起，實在棒透了，我是說真的！嘿，如果你不反對的話，我來幫你。」

「那就太感謝了！」

「別說這種不上道的話！這件事我當然要幫忙。我叫作古斯塔夫。」

「我叫愛彌兒。」

他們握了握手，彼此都很欣賞對方。

「那我們就展開行動吧，」古斯塔夫說：「如果我們什麼都不做，只是站在這裡不動，就會讓那個壞蛋溜走。你身上還有錢嗎？」

「連個銅板也沒有。」

古斯塔夫輕聲按按喇叭，想要激發靈感。但是一點用也沒有。

「你看這樣好不好，」愛彌兒問：「你再找幾個朋友來幫忙？」

「唉呀，這真是個好主意！」古斯塔夫興奮的說：「就這麼辦！我只需要按著喇叭，穿過各棟樓房的庭院，馬上就會來一堆人。」

「那你去吧！」愛彌兒建議，「但是要快去快回。否則那個傢伙就要溜了，而我非跟著他不可。等你回來的時候，我早就不知去向了。」

「沒問題！我動作很快！你放心。再說那個賊正在對面的優斯堤咖啡館裡，吃著盛在玻璃杯裡的半熟雞蛋呢，他看起來還會再待上一段時間。那麼，愛彌兒，等會兒見囉！我興奮得腦袋有點發暈，這真是太好玩了！」說完他就一溜煙的跑走了。

愛彌兒大大鬆了一口氣，倒楣的事雖然還是倒楣，但是想到能有自願來幫忙的伙伴，仍然帶給他不小的安慰。

他緊緊盯著那個小偷，對方正吃得津津有味，花的搞不好是媽媽辛苦省下的錢。現在愛彌兒就只擔心那個無賴會起身離開。若是這樣，古斯塔夫和他的喇叭還有這整番工夫就都白費了。幸好古倫戴斯先生幫了他這個忙，待在咖啡館裡沒走。當然，假如古倫戴斯曉得愛彌兒他們正計畫要對付他，就像一個麻袋即將罩在他頭上收緊，那麼他至少也得叫一架飛機來載他逃跑。因為情勢已經漸漸對他不利了……

十分鐘後，愛彌兒又聽見了喇叭聲。他轉過身，至少有二十幾個少年從德勞特瑙街上走過來，古斯塔夫走在最前頭。

「大家停！喂，你覺得怎麼樣啊？」古斯塔夫一臉得意的問。

「我真感動。」愛彌兒說，高興得在古斯塔夫腰間輕輕捶了一下。

「好了，大家聽我說，這是從新鎮來的愛彌兒，其他的事我已經跟你們說過了。偷了他錢的那個混蛋就坐在那邊，靠右邊的位置，頭上頂著個『黑瓜』的那個。如果我們讓這位老兄跑了，從明天開始我們就只能喊自己『小呆瓜』。明白了嗎？」

「古斯塔夫，我們會抓到他的！」一個戴著牛角鏡框眼鏡的少年說。

「這是『小教授』。」古斯塔夫說。於是愛彌兒和小教授握了手。

接著古斯塔夫逐一介紹這群少年給愛彌兒認識。

「嗯，」小教授說：「現在我們得踩下油門、加快速度了。行動就此展開！首先，大家都把錢拿出來！」

每個人都掏出身上的錢。一個個銅板落進愛彌兒的帽子，裡面甚至還有一個一馬克的硬幣，來自一個名叫「星期二」的瘦小男孩。星期二高興得蹦蹦跳跳，獲准去數一數共有多少錢。

星期二向這群急著知道結果的觀眾報告：「我們的資金一共是五馬克又七十芬尼，最好分成三份，交給三個人帶著，以防我們要分頭行動。」

「很好。」小教授說。他和愛彌兒各拿了兩馬克，把剩下的一馬克又七十芬尼交給了古斯塔夫。

「多謝了，」愛彌兒說：「等我們抓到他，我就把錢還給你們。現在我們該怎麼做？我想先找個地方放我的行李箱和這束花。因為要是展開追逐，這些東西實在太礙事了。」

「唉呀，交給我吧，」古斯塔夫說：「我馬上拿去寄放在優斯堤咖啡館的櫃臺，順便去探探小偷先生的動靜。」

「不過你要機警一點，」小教授建議，「免得讓那個壞蛋察覺自己被偵探盯上了，這樣跟蹤行動就會變得困難。」

「你以為我有那麼笨嗎？」古斯塔夫發著牢騷，走開了……等到古斯塔夫回來，他說：「那位先生擺出了一副準備讓人拍照的表情呢。我已經把東西交給櫃臺保管了，什麼時候去拿都可以。」

「現在我們應該要召開一場作戰會議，」愛彌兒提議，「但是不能在這裡，太引人注目了。」

「我們到尼克斯堡廣場去吧，」小教授建議，「兩個人留在售報亭這裡，看著那傢伙，別讓他跑掉。另外再派五、六個人當傳令兵，一有情況就馬上通報，我們會趕緊跑回來。」

「唉呀，這件事就交給我吧！」古斯塔夫大聲說，開始組織情報隊，然後向愛爾兒說：「我會留在這個前哨站，你別擔心，我們不會讓他跑掉的！」古斯塔夫指派了傳令兵。其他人就在小教授和愛爾兒的帶領下前往尼克斯堡廣場。

第九章

偵探會議

他們坐在廣場綠地的兩張白色長凳以及圍住草皮的低矮鐵柵上，擺出嚴肅的表情。被稱為小教授的少年似乎早就在等待這一天了。他扶一扶眼鏡，就像他擔任司法顧問的父親一樣，一邊擺弄眼鏡，一邊說明他的計畫：「待會兒，我們有可能會基於某個實際的理由而必須分開行動，因此我們需要一個電話總機作為聯絡中心。誰家裡有電話？」

十二個少年舉起了手。

「家裡有電話的人當中，誰的爸媽最通情達理？」

「大概是我吧！」瘦小的星期二喊道。

「你們家的電話號碼是？」

「巴伐利亞〇五七九。」

「這裡有紙筆。克倫比格，你準備二十張紙條，一一寫上星期二家裡的電話號碼。要寫清楚一點！然後分給每個人一張。電話總機隨時會得到偵探的行蹤和最新情況。想知道的人可以打電話給星期二，就能得知詳細的消息。」

「可是我不在家呀！」瘦小的星期二說。

「錯了，你在家。」小教授回答：「我們一開完會，你就回家去負責等電話。」

「可是我比較想跟大家一起去抓小偷。危急的時刻，瘦小的男孩可是很有用的。」

「你回家去守在電話旁邊，這是個責任非常重大的任務。」

「好吧，既然你們這麼說。」

克倫比格分給大家寫了電話號碼的紙條，每個人都小心的將紙條塞進口袋。幾個特別謹慎的人當場就把電話號碼背了下來。

「我們也得有個類似後援部隊的組織。」愛彌兒說。

「這當然。除了非去跟蹤不可的人以外，其餘的人就留在尼克斯堡廣場。你們輪流回家告訴家人，說你們今天也許會很晚回家，有些人也可以說今天晚上要在朋友家過夜。這樣一來，如果我們要一直跟蹤到明天，就有替補和支援的人手。古斯塔夫、克倫比格、米登茨威兄弟還有我，會在途中打電話回家說要晚點回去……對了，特勞葛德負責擔任聯絡員，和星期二一起回去，如果我們需要誰來支援，就請你到尼克斯堡廣場來叫人。現在偵探群、後援部隊、電話總機和聯絡員都有了。這些是目前最必要的組織。」

「我們也需要一點吃的，」愛彌兒提醒他，「也許有些人可以回家去拿幾片麵包來。」

「誰家離這裡最近？」小教授問：「米登茨威、葛若德、腓特烈一世、布魯諾、策雷特，你們快回家去拿點吃的來！去吧！」

五個少年一溜煙的跑走了。

「你們這些木頭腦袋，只會討論食物、電話、外宿這些事，卻沒有商量該怎麼抓到那個傢伙。你們……你們簡直就像學校裡的老師嘛！」特勞葛德生氣的說，他想不出更難聽的話來罵人。

「你們有採集指紋的工具嗎？」裴策德問：「如果小偷夠狡猾，說不定還戴了橡皮手套，那根本就沒辦法證明他偷了錢。」裴策德已經看過二十二部偵探電影，看得出來這對他沒啥幫助。

「這是什麼鬼話！」特勞葛德氣憤的說：「我們只需要等待時機，偷回他偷走的錢就好了！」

「胡說！」小教授說：「如果我們從他身上偷錢回來，那我們就跟他一樣成了小偷了！」

「笑死人了！」特勞葛德喊道：「如果有人偷了我的東西，而我再從他那裡偷回我的東西，那我可不是小偷！」

「不對，如果那樣做，你就是小偷。」小教授堅持他的看法。

「少在那邊胡說八道。」特勞葛德嘀咕著。

「小教授說的沒錯，」愛彌兒插嘴說：「如果我偷偷拿走了別人的東西，我就是個小偷。不管那東西是他的，還是他先前從我這兒偷走的。」

「就是這樣沒錯，」小教授說：「拜託，別再自作聰明的發表一些沒用的言論了。事情已經安排妥當，目前我們還不知道該怎麼教訓那個壞蛋，但我們會想出辦法的。總之，一定要讓他自願交出錢來。假如要去把錢偷回來，那就太蠢了。」

「這我不懂，」瘦小的星期二說：「我怎麼可能『偷』屬於我的東西呢！屬於我的東西就是我的，哪怕這東西是在別人的口袋裡！」

「這種差別很難講清楚，」小教授用講課的口吻說：「在道德上你的確沒錯，但是法院還是會判你有罪。這一點就連許多大人也不懂，但事情就是這樣。」

「你愛怎麼說就怎麼說吧。」特勞葛德聳聳肩膀說。

「而且一定要夠機靈！你們知道該怎麼偷偷跟蹤嗎？」裴策德問道，「要不然他一轉過身來看見你們，就沒戲唱了。」

「對，一定要躡手躡腳的走路。」瘦小的星期二附和著，「所以我才說我可以派上用場。這我很擅長，如果要我充當警犬，我可是超級厲害。我還會學狗叫呢！」

「你試看看在柏林躡手躡腳的走路，而不讓別人看到！」愛彌兒激動起來，「那只會讓所有人注意你！」

「不過，你們需要一把手槍！」裴策德建議，他的提議還真是層出不窮。

「你們需要一把手槍。」另外兩、三個少年也喊道。

「不需要。」小教授說。

「那個小偷肯定帶了手槍。」特勞葛德巴不得跟大家打賭。

「捉小偷當然會有危險，」愛彌兒說：「誰要是害怕，請回家睡覺吧。」

「你的意思是說我是個膽小鬼嗎？」特勞葛德問道，擺出拳擊手的架勢，走到了中央。

「別吵了！」小教授大喊：「要打架的話，明天再打！這是什麼情況？你們的舉止簡直就跟……就跟小孩子沒兩樣！」

「我們本來就是小孩子嘛。」瘦小的星期二說，大家都忍不住笑了。

「其實我應該要寫封信給外婆，因為我的家人不知道我在哪裡，說不定還會去報警呢。我們去追那個傢伙的時候，有誰願意幫我送信？他們住在舒曼街十五號。感激不盡！」

「我去。」一個名叫布勞耶的少年說：「你趕快寫！我會搭地鐵到奧拉寧堡門那一站。誰給我車錢？」

小教授給他車錢，來回一趟要二十芬尼。愛爾兒借了紙和鉛筆寫信：

親愛的外婆：

妳們一定在擔心我人在哪裡。我在柏林，只可惜我還不能過去，因為我還有重要的事情得先解決。別問我是什麼事，也請別擔憂。等事情都解決了，我就會回去，現在我已經在期待那一刻了。送信的少年是我朋友，他知道我人在哪裡，但是不能告訴妳們，因為這是公務機密。也請代我問候姨丈、阿姨和小帽波妮。

附記：媽媽要我替她問候大家。我還帶了一束花，會盡快送給妳。

愛妳的外孫　愛彌兒敬上

接著愛彌兒把地址寫在背面，把紙摺起來，說道：「你不能告訴我的家人我在哪裡，也不能告訴他們我把錢搞丟了，否則我就慘了。」

「放心吧，愛彌兒！」布勞耶說：「交給我吧！等我回來，我會打電話給星期二，聽聽這段期間裡發生了什麼事。然後我就會去後援部隊報到。」說完，他就跑走了。

這時，先前那五個少年回來了，帶著用紙包著的切片麵包。葛若德甚至拿來了一整條煙燻香腸，說是他母親給的。

那五個少年已經向家人暗示他們還要在外面待幾個鐘頭。愛彌兒把麵包分給大家，每個人都塞了一塊在口袋裡當作備用糧。香腸則由愛彌兒保管。

隨後又有另外五個少年跑回家去請求家人讓他們在外面待久一點。其中有兩個人沒再回來，大概是家長不准他們再出門吧。

小教授交代了暗號。如果有人過來或是打電話來，就能馬上知道對方是不是自己人。暗號是「愛彌兒」，這很容易記。

接著，瘦小的星期二和不斷發牢騷的聯絡員特勞葛德就離開了，走之前還不忘祝福這群小偵探一切順利。小教授還在星期二背後喊道，要替他打電話回家跟他父親說一聲，說小教授有急事要處理。「這樣我爸就會放心，不會反對了。」他又加了一句。

「太叫人吃驚了，」愛彌兒說：「柏林居然有這麼明理的家長！」

「你可別以為他們全都這麼好講話。」克倫比格說，搔了搔耳後。

「其實是的！一般說來，家長都還算明理。」小教授反駁，「而這也是最明智的作法。這樣一來，孩子就不必對他們撒謊。我答應過老爸不會做壞事，也不會做危險的事。只要我守住這個承諾，我想做什麼都可以。我爸是個很棒的人。」

「的確很棒！」愛彌兒又說了一次，「不過，聽我說，今天也許會遇上危險呢！」

「呃，那我就得不到許可了。」小教授聳聳肩膀說：「不過我爸說過，不管要做什麼事，都要先想一想，假如爸爸在身邊的話，我是不是還會這麼做。而今天要捉小偷這件事，即使爸爸在我身邊，我也還是會這麼做的。所以，我們現在就出發吧！」

小教授往大家面前一站，大聲說：「我們這些偵探要仰賴你們發揮功能。電話總機已經設置妥當，我把剩下的錢留給你們，一共還有一馬克五十芬尼。來，葛若德，拿去數一下！口糧有了，錢也有了，電話號碼大家都知道了。另外，非回家不可的人就趕緊回去！但是至少要留五個人在這兒。葛若德，這裡交給你負責。你們要表現出好男兒的本色！我們也會全力以赴。如果我們需要支援，星期二就會派特勞葛德來通知你們。還有誰有問題？全都明白了嗎？暗號是：愛彌兒！」

「暗號是愛彌兒！」那群少年高喊，喊聲震動了尼克斯堡廣場，行人都瞪大了眼睛。

愛彌兒簡直快要覺得錢被偷走是件幸運的事。

第十章
跟蹤計程車

三個充當傳令兵的少年從德勞特瑙街飛奔而來，一邊揮動雙手。

「我們出發！」小教授說。話才說完，他和愛彌兒、米登茨威兄弟、克倫比格就衝向凱薩大道，彷彿想要打破百米賽跑的世界紀錄。在距離那間售報亭十公尺處，只見古斯塔夫揮手要他們停下來，於是他們謹慎的放慢腳步走過去。

「我們來得太晚了？」愛彌兒氣喘吁吁的問。

「老兄，你覺得呢？」古斯塔夫低聲說：「我做事一向可靠。」

小偷就站在馬路對面的優斯堤咖啡館前頭，觀賞著四周街景，彷彿自己來到了瑞士。然後他向報販買了一份晚報，讀了起來。

「要是他現在穿過馬路朝我們走過來，那就麻煩了。」克倫比格說。

他們站在售報亭後面，彼此推擠著從牆邊探出頭來，緊張得發抖。小偷完全沒注意到他們，而是以令人佩服的耐心讀著報紙。

「他肯定是從報紙邊緣向外瞄，看看有沒有人埋伏在四周。」大米登茨威這樣推測。

「他常常朝你們這邊望過來嗎？」小教授問。

「唉呀，才沒有呢！他一直大吃特吃，好像三天沒吃東西似的。」

「看！」愛彌兒喊道。

戴著圓頂高帽的男子把報紙再摺起來，打量著過往行人，然後快如閃電的向一輛正從他身旁經過的計程車招手。車子停了下來，那人一入座，車子就開走了。

而那群少年也坐上了另一輛計程車，古斯塔夫對司機說：「司機先生，你看見前面那輛計程車了嗎？現在正要轉向布拉格廣場的那一輛。請你跟在那輛車後面，但是要小心，別讓對方發現。」

車子開動，穿過凱薩大道，以適當的距離跟在另一輛計程車後面。

「怎麼回事？」司機問。

「唉呀，有個人幹了件壞事，所以我們緊追著他不放。」古斯塔夫說明，「不過這件事要保密，明白嗎？」

「悉聽尊便。」司機回答，又問了一句：「不過，你們身上有錢嗎？」

「你以為我們會坐霸王車嗎？」小教授用責備的語氣大聲說。

「這個嘛……」那人嘀咕了一聲。

「對方的車號是IA3733。」愛彌兒告訴大家。

「這很重要。」小教授表示，把車號抄了下來。

「不要太靠近！」克倫比格提醒司機。

「好啦。」司機喃喃的說。

於是計程車沿著莫茨大街行駛，經過維多利亞・路易思廣場，再沿著莫茨大街繼續往前。幾個行人在人行道上停下腳步，目送這輛汽車，看見車上坐著一群小孩，那些人都笑了。

「低頭！」古斯塔夫輕聲說。大家都趴下來，就像蘿蔔和白菜一樣橫七豎八的倒成一堆。

「怎麼回事？」小教授問。

「哇，路德街口的紅燈亮了！我們得停車，前面那輛計程車也過不去。」

果然，兩輛車都停了下來，一前一後的等待綠燈再度亮起，好繼續通行。不過誰也看不出後面那輛計程車裡有乘客，看起來像是輛空車。那些少年躲得實在太高明了。司機轉過頭來，看見這番出人意料的情景，忍不住笑了。等車子繼續行駛，他們才又小心翼翼的爬出來。

「希望這趟車程不會太久，」小教授盯著計費表說：「玩這一趟已經花掉八十芬尼了。」

車程倒是很快就結束了。前面那輛計程車停在諾倫朵夫廣場，就在克萊德飯店前面。第二輛計程車及時剎車，在安全區域等待，觀看動靜。

頭戴圓頂高帽的男子下了車，付了錢，走進那家飯店。

「古斯塔夫，快跟過去！」小教授緊張的叫了起來，「要是這地方有兩個出口，就會讓他跑掉了。」古斯塔夫馬上跟著跑走了。

另外幾個少年也接著下了車。愛彌兒付了車資，一共是一馬克。小教授帶領大家迅速走進位在一家電影院旁邊的一扇門，通往一個很大的中庭，就在那家電影院和諾倫朵夫廣場上那座劇院的後面。然後小教授派克倫比格去接應古斯塔夫。

「要是那個傢伙待在這間飯店，那我們就走運了，」愛彌兒說：「這個中庭是個很棒的基地。」

「現代化的設備一應俱全，」小教授同意愛彌兒的看法，「地鐵站就在對面，有庭園可以躲藏，有商店可以打電話。再也找不到比這兒更好的地方了。」

「希望古斯塔夫機靈一點。」愛彌兒說。

「他很可靠，」大米登茨威說：「一點也不像外表看起來那麼笨拙。」

「希望他快點回來。」小教授在一張被人扔在中庭裡的椅子上坐下，那副神情活像是在指揮「萊比錫戰役」的拿破崙[1]。

過了一會兒，古斯塔夫回來了。「我們等於是逮到他了，」他搓著雙手說：「他的確住進了這間飯店。我看見服務生帶著他搭電梯上樓。這間飯店只有一個出口，我繞了一圈，從四面八方都檢查過了。他絕對跑不

1 萊比錫戰役發生於一八一三年十月，由俄羅斯、普魯士、奧地利和另外幾個國家組成聯軍對抗拿破崙。不過，拿破崙最終在這場戰役中落敗。

掉，除非他能從屋頂上逃走。」

「現在是克倫比格在守衛嗎？」小教授問。

「唉呀，這還用說！」

接著大米登茨威拿了一枚十芬尼的銅板，跑進一家咖啡館，打電話給星期二。

「哈囉，是星期二嗎？」

「是啊。」瘦小的星期二在線路的另一端尖聲說道。

「暗號愛彌兒！我是大米登茨威。戴著圓頂高帽的男人住進了諾倫朵夫廣場的克萊德飯店。我們駐紮在『城西電影院』的中庭，左邊那扇大門。」

星期三仔細的記錄下一切，複述了一遍，然後問道：「你們需要支援嗎？」

「不需要！」

「目前為止很困難嗎？」

「不會，還好。那傢伙搭上一輛計程車，我們搭上另一輛，一直跟在後面，直到他下車。他在飯店要了一個房間，現在上樓了。說不定正在檢查有沒有人躺在床底下跟自己玩紙牌呢。」

「房間號碼是幾號？」

「現在還不知道，但是我們會查清楚。」

「唉，我真想加入你們！聽我說，等假期結束上作文課，第一篇自由命題的作文我就要寫這個故事。」

「有其他人打電話來嗎？」

「沒有，誰也沒打來。真無聊。」

「那就掰啦，星期二。」

「祝你們成功。呃，我還要說什麼……對了，暗號愛彌兒！」

「暗號愛彌兒！」大米登茨威回答，接著又回到「城西電影院」的中庭報到。已經是晚上八點了，小教授去看守衛的情形。

「今天我們八成逮不到他了。」古斯塔夫懊惱的說。

「儘管如此，如果他馬上去睡覺的話，對我們來說還是最好的。」愛彌兒說明，「因為如果他還要搭車到處跑上幾個鐘頭，去餐廳、去跳舞還是上劇院，或者全都去一趟，那我們就得去借錢了。」

小教授回來了，派米登茨威兄弟到諾倫朵夫廣場上當聯絡員，然後就變得有點沉默。「我們得考慮一下，怎麼樣才能更嚴密的監視那傢伙。」他說：「請大家仔細想一想。」

於是他們坐在那裡，絞盡腦汁，想了很久。

這時中庭響起了腳踏車的鈴聲，一部鍍鎳的小型腳踏車騎進來，上面坐著一個小女孩，後面站著他們的伙伴布勞耶。兩個人齊聲喊道：「呼哈！」

愛彌兒跳起來，幫忙那兩個人下車，興奮的握著小女孩的手，對其他人說：「這是我表妹小帽波妮。」

小教授有禮貌的把椅子讓給小帽波妮，她坐了下來。

「喂，愛彌兒，你這個傢伙，」她說：「才到柏林，就拍起電影來了！我和外婆正打算要再到腓特烈大街車站去等來自新鎮的火車呢，結果你朋友布勞耶就送信來了。對了，你這個新朋友很討人喜歡，恭喜你呀。」

布勞耶紅了臉，挺起了胸膛。

「嗯，爸爸、媽媽和外婆現在坐在家裡，想破了腦袋，不知道你到底出了什麼事。我們當然什麼都沒告訴他們，我只是把布勞耶送到門口，然後陪他一起蹓躂蹓躂。但是我得馬上回家去，否則他們就要去通報特警隊了。如果在同一天裡走丟兩個小孩，他們會精神崩潰的。」

「這裡是原本要買回程車票的十芬尼，」布勞耶得意的說：「我們把車錢省下來了。」小教授把錢塞回口袋。

「他們很生氣嗎？」愛彌兒問。

「才沒有呢，」小帽波妮說：「外婆在房間裡跑來跑去，一直喊道：『我的外孫愛彌兒只是先去總統府坐一會兒！』直到爸媽放下心來。不過，希望你們明天就能逮到那個傢伙。誰是你們當中的福爾摩斯啊？」

「是這一位，」愛彌兒說：「這是小教授。」

「幸會了，教授先生，」小帽波妮說：「我總算認識了一位真正的偵探。」

小教授尷尬的笑了，吞吞吐吐的說了幾句沒人聽得懂的話。

「還有，」波妮說：「這是我的零用錢，一共是二十五芬尼。你們拿去買幾根雪茄吧。」

愛彌兒接過錢。波妮像個選美皇后坐在椅子上，那些少年就像評審一樣圍站在她身旁。

「現在我該走了，」小帽波妮說：「明天早上我再過來。你們要睡在哪裡呢？啊，我真想待在這裡，替你們煮咖啡。可是有什麼辦法呢？那就再見囉，各位！晚安，愛彌兒！」

她在愛彌兒肩膀上拍了一下，跳上她的腳踏車，愉快的按響鈴鐺，騎著腳踏車走了。

那群少年站在那兒好一會兒，半句話也說不出來。

好不容易，小教授開口說道：「真是的！」

其他人也認為他說的一點都沒錯。

第十一章

間諜溜進了飯店

時間過得很慢。

愛彌兒去探視那三個前哨，想要接替其中一個守衛，但是克倫比格和米登茨威兄弟都說要留在崗位上。隨後愛彌兒小心翼翼的冒險走近克萊德飯店了解情況，不久便情緒相當激動的回到中庭。

「我覺得一定會出錯，」他說：「總不能一整夜都不派人到飯店打探消息！克倫比格雖然站在克萊斯特街的轉角，但是只要他轉個頭，古倫戴斯就可以溜走了。」

「唉呀，你說得倒容易，」古斯塔夫反駁，「總不能直接跑去跟門房說：『不好意思，我們就冒昧的坐在臺階上囉。』而且你自己更不能進飯店去。如果那個壞蛋從門裡探出頭來，認出了你，我們就前功盡棄了。」

「我不是這個意思。」愛彌兒回答。

「那你的意思是？」小教授問。

「飯店裡不是有個負責操作電梯和打雜的少年嗎？如果我們派個人去找他，告訴他事情的經過，他對這間飯店瞭若指掌，一定能替我們想出個好主意。」

「很好，」小教授說：「甚至是非常好！」他有個奇怪的習慣，總是像在替別人打分數似的，所以大家才會叫他小教授。

「這個愛彌兒！再想出這樣一個好主意，我們就頒發榮譽博士學位給你。簡直就跟柏林人一樣聰明！」古斯塔夫喊道。

「別以為只有你們柏林人聰明！」愛彌兒受了一點刺激，覺得自己身為新鎮子弟的愛鄉情操受到了挑戰。「我們還有一場拳擊賽要打呢。」

「為什麼呢？」小教授問。

「噢，他說我這套西裝土裡土氣，這是很嚴重的侮辱。」

「拳擊賽明天舉行，」小教授做出決定，「明天打，或是根本不要打。」

「唉呀，你這套西裝也沒那麼土，我已經看習慣了。」古斯塔夫好脾氣的說：「不過我們還是可以打一場拳擊。但是我要提醒你，我可是蘭德豪斯大街這幫人當中的冠軍喔。你要小心點！」

「我在學校裡幾乎拿過每個級別的拳擊冠軍。」愛彌兒不甘示弱。

「真受不了你們這些喜歡賣弄肌肉的男生！」小教授說：「本來我打算自己到飯店去。可是看來連一分鐘都不能讓你們兩個獨處，否則馬上就會打起來了。」

「那就我去吧！」古斯塔夫提議。

「沒錯！」小教授說：「那就你去吧！去找那個電梯小弟談談，但是要小心！也許會有辦法。弄清楚那個傢伙住在哪個房間，一個鐘頭之後回來向我們報告。」

於是古斯塔夫就走了。

小教授和愛彌兒走到大門外，聊起彼此的老師。之後小教授向愛彌兒說明來往車輛的各種廠牌，有本國車，也有外國車，直到愛彌兒也稍微有點概念。再後來他們一起吃了一塊麵包。

天色已經暗了，到處都有霓虹招牌亮起。高架電車轟轟駛過，地下鐵也隆隆作響。馬路上的電車、公車、汽車和腳踏車合奏出一首瘋狂的協奏曲。沃爾茲咖啡館裡奏起了舞曲，諾倫朵夫廣場上的電影院正要放映最後一場，湧進了許多觀眾。

「對面火車站旁邊那棵大樹，長在這裡顯得有點滑稽，不是嗎？」愛彌兒說：「彷彿它迷路了似的。」眼前的景象令他著迷，也令他感動。差點就忘了自己為什麼會站在這裡，也差點忘了自己被人偷走了一百四十馬克。

「柏林很棒，一切都像電影中的場景。但是我不知道我會不會想要永遠住在這裡。在新鎮，我們就只有上城廣場、下城廣場和車站廣場，還有位在河濱和烏鶇公園裡的遊戲場。儘管如此，小教授，我認為那對我來說就夠了。像柏林這樣隨時都熱鬧得像在慶祝狂歡節，到處都有千百條街道和廣場，會害我常常迷路。假如沒有你們，只有我一個人孤伶伶的站在這裡！這樣一想，我馬上就要起一身雞皮疙瘩。」

「習慣了就好，」小教授說：「換成是我住在新鎮，大概也會不習慣，只有三座廣場和烏鶇公園。」

「習慣了就好，」愛彌兒說：「不過柏林很漂亮，這一點毫無疑問，小教授。非常漂亮。」

「你媽管得很嚴嗎？」小教授問。

「我媽嗎？」愛彌兒說：「一點也不會。我想做什麼她都會由著我，可是我不做。你懂嗎？」

「不懂，」小教授坦白的說：「這我不懂。」

「是嗎？那我解釋給你聽，你們家很有錢嗎？」

「這我不知道。我們家裡很少談到錢。」

「我認為如果在家裡很少談到錢，就表示這家人很有錢。」

小教授想了一會兒，才說：「大概是吧。」

「看吧。我和我媽，我們常常談到錢，因為我們沒什麼錢。她必須不停的賺錢，卻還是不夠用。可是如果我們班上同學要去遠足，媽媽給我的錢就跟其他同學拿到的一樣多。有時候甚至還更多。」

「她是怎麼辦到的？」

「我不知道，但她就是有辦法。所以我會再帶一半的錢回家。」

「她叫你這麼做嗎？」

「才不是！是我想要這麼做。」

「噢！」小教授說：「原來你們家是這樣。」

「沒錯，就是這樣。如果媽媽允許我和住在二樓的普羅許去草原玩到晚上九點，我在七點鐘以前就會回家，因為我不希望媽媽孤單的坐在廚房裡吃晚餐。雖然她堅持要我跟其他人一起玩久一點。我也試過了，但是玩起來根本就沒有樂趣。而媽媽心裡其實很高興我早點回家。」

「噢，」小教授說：「我們家就不同了。如果我真的早早回家，我敢打賭我爸媽若不是去劇院，就是去別人家作客。我們一家人也很相愛，這是真的，只是我們相處的時間不多。」

「和媽媽在一起，是我們唯一負擔得起的休閒活動呀！但我可不是個媽寶喔。誰要是不相信，我就給他點顏色瞧瞧。那他就會明白了。」

「我懂啦。」

兩個男孩在拱門下站了好一會兒，沒有說話。夜深了，星光閃爍，月亮用一隻眼睛斜望著高架電車。

小教授清了清嗓子，沒看著愛彌兒，只問道：「那你跟你媽一定很親囉？」

「非常的親。」愛彌兒回答。

第十二章

身穿綠色制服的電梯服務生露出了真實身分

接近十點時，支援部隊派來的代表團出現在電影院後面的中庭，請求進一步的指示，同時又帶來了許多麵包，彷彿要餵飽一百個飢餓的民眾似的。小教授很生氣，說他們根本不該到這兒來，應該在尼克斯堡廣場等待電話總機的聯絡員特勞葛德。

「別這麼討厭嘛！」裴策德說：「我們只是好奇，想知道你們這兒的情況。」

「再說，我們還以為出了什麼事呢，因為特勞葛德根本沒來。」葛若德也幫忙辯解。

「尼克斯堡廣場上還有幾個人？」愛彌兒問。

「三、四個吧。」腓特烈一世說。

「也可能只有兩個。」葛若德表示。

「別再問了，」小教授氣呼呼的吼道：「再問下去，他們就會說廣場上根本沒人了！」

「別這樣大呼小叫，」裴策德說：「你憑什麼命令我！」

「我提議立刻把裴策德趕出去，並且禁止他繼續參與這場追捕行動。」小教授大喊，氣得跺腳。

「你們為了我而吵架，害我心裡好難受，」愛彌兒說：「我們來表決吧，就像在議會裡一樣。我提議只要給裴策德一次嚴重的警告，因為每個人要是都想做什麼就做什麼，那就糟了。」

「別自以為了不起，你們這些臭傢伙！告訴你們，反正我要走了。」裴策德又罵了幾句很難聽的話，接著就走了。

「都是他唆使的，否則我們根本不會跑來。」葛若德說：「策雷特還在支援部隊的基地留守。」

「不要再提起裴策德了，」小教授下令，他努力控制自己，語氣已經平靜下來。「那件事已經結束了。」

「現在我們要怎麼做呢？」腓特烈一世問道。

「先等古斯塔夫從飯店裡出來。」愛彌兒提議。

「好，」小教授說：「咦，那邊那個人不就是飯店的服務生嗎？」

「是他沒錯。」愛彌兒加以證實。

拱門下站著一個少年，身穿綠色制服，頭上歪戴著一頂綠色小帽。他向這群少年揮手，緩緩走近。

「哇，這套制服真帥氣！」葛若德羨慕的說。

「你是來替我們的間諜古斯塔夫傳話的嗎？」小教授喊道。

那個少年靠近了，他點點頭，說道：「是啊。」

「請告訴我們有什麼消息？」愛彌兒焦急的問。

這時忽然響起喇叭聲！那個一身綠色的少年瘋了似的在走道上又笑又跳，喊道：「唉呀，愛彌兒，你真笨啊！」

原來那人並不是飯店服務生，而是古斯塔夫本人。

「你這個小子！」愛彌兒開玩笑的罵道。其他人也都笑了，直到周圍的房屋裡有人打開了一扇窗戶，喊道：「安靜點！」

「真厲害！」小教授說：「不過，大家安靜一點。古斯塔夫，你過來坐下，告訴我們這是怎麼回事。」

「唉呀，簡直就像演戲一樣，太爆笑了。聽好啦！事情是這樣的：我溜進飯店，看見那個服務生閒站著，就向他招招手。他走過來，於是我就把整件事原原本本的告訴他。愛彌兒的事，我們的事，小偷的事，還有小偷就住在飯店裡的事。也告訴他我們得超級小心，明天才能把錢搶回來。

「『這下子可有好戲看了，』那個服務生說：『我還有一套制服。你穿上制服，充當另一個服務生。』

「『可是門房會怎麼說？他肯定會罵你的。』我這樣回答他。

「『門房不會罵我，還會同意我這麼做，』他說：『因為門房是我爸爸。』

「他是怎麼跟他老爸說的，這我不知道，總之，我拿到了這套制服，可以在工友的房間過夜，那個房間剛好空著，甚至還可以帶一個人過去。怎麼樣，我夠厲害了吧？」

「小偷住在哪個房間？」小教授問。

「唉，怎麼樣都沒辦法讓你佩服，」古斯塔夫抱怨了一聲，有點失望，「我在飯店裡當然不必工作，只要別礙事就行了。服務生猜想小偷住在六十一號房。於是我就上了四樓，扮演間諜的角色。當然完全不引人注意，只躲在樓梯欄杆後面窺伺。過了大約半小時，六十一號房的門果然開了。是誰睡眼矇矓的走了出來呢？就是那位小偷先生！他要去——嗯，你們猜得到他去幹麼。下午我已經仔細打量過他，是他沒錯！一撇黑色小鬍子，一對耳朵薄得能被月光照透，還有一張送我都不要的臉。等他回來——從哪兒回來我就不必說了，我就慢慢走到他面前，站得直挺挺的，問道：『先生在找什麼嗎？有什麼需要我服務的地方嗎？』

「『沒有，』他說：『我什麼也不需要。啊，不！等一下！告訴門房，要他明天早上八點整叫我起床。六十一號房。別忘了！』

「『不會的，先生您放心，』我說，還興奮的掐自己的大腿，『我不會忘記的！八點整，六十一號房裡的電話就會響起！』因為飯店都是打電話叫人起床的。那人滿意的點點頭，就慢吞吞的走回床上去了。」

「太好了！」小教授非常滿意，其他人就更不用說了。「八點鐘，我們就會在飯店前面恭候大駕。追捕行動將會繼續，然後我們就會逮住他。」

「那傢伙完蛋了。」葛若德喊道。

「獻花就免啦，」古斯塔夫說：「現在我要走了。我還得替十二號房的客人把一封信扔進郵筒，小費五十芬尼。這個職業很不賴。那個服務生說他有時候一天能賺到十馬克小費呢。好了，明天上午七點以前我會起床，負責準時叫醒那個壞蛋，然後就會再回來這裡。」

「親愛的古斯塔夫，謝謝你。」愛彌兒鄭重其事的說：「看來不會再出什麼事了。明天我們就會逮住他。大家現在都可以放心的回家睡覺，對吧，小教授？」

「沒錯，大家都回去好好睡一覺。明天早上八點整，所有目前在場的人都再回到這裡集合。還能再湊到一點錢的人就把錢帶來。現在我再打個電話給星期二。如果有人向他報到，就把他們集合起來，組成支援部隊。

說不定我們得進行圍捕，這種事誰也說不準。」

「我和古斯塔夫一起睡在飯店裡。」愛彌兒說。

「老兄，來吧！你會喜歡那裡的。床上滿是跳蚤，很棒吧！」

「我先去打電話，」小教授說：「然後我也要回家，順便去叫策雷特回家。否則他會在尼克斯堡廣場上待命，一直坐到明天早上。大家都明白了嗎？」

「遵命，警察總長先生。」古斯塔夫笑著說。

「明天早上八點整在這個中庭集合。」葛若德說。

「還要帶一點錢來。」腓特烈一世提醒大家。

他們互相道別，像大人一樣一本正經的握手。一些人走路回家，古斯塔夫和愛彌兒走進飯店，小教授穿過諾倫朵夫廣場，去雄雞咖啡館打電話給星期二。

一個鐘頭後，他們全都睡了。大多數人睡在自己的床上，兩個人睡在克萊德飯店五樓的工友房裡。

還有一個人睡在電話旁邊，在他父親的靠背椅上。那就是瘦小的星期二。他沒有離開自己的崗位。特勞葛德回家了，但是星期二沒有離開電話機一步。他縮在椅墊上睡著了，夢見了四百萬通電話。

半夜，他的爸媽從劇院回來，看見兒子睡在椅子上，心中十分納悶。

他母親把他抱回床上。他動了一下，喃喃說著夢話：「暗號愛彌兒！」

第十三章

一列隊伍護送古倫戴斯先生

六十一號房的窗戶面向諾倫朵夫廣場。第二天早晨，當古倫戴斯先生一邊梳頭，一邊往下看，他注意到有一大群孩子在四處晃蕩。至少有二十幾個男孩在對面的綠地前面踢足球，另一群孩子站在克萊斯特街上。地鐵的車站入口也站著一群孩子。

「大概是學校放假吧。」他不高興的嘀咕，一邊繫上了領帶。

這時，小教授在戲院後面的中庭裡召開了一場幹部會議，正在大聲咆哮，「我們不分日夜想破了腦袋，想著要怎麼抓到小偷，你們這些傻蛋卻把全柏林的孩子都找來了！難道我們需要觀眾嗎？難道我們是要拍電影嗎？萬一讓那個傢伙給溜走了，就要怪你們這些多嘴的傢伙！」

其他人雖然耐住性子圍著小教授站著，看起來卻沒有感到良心不安，只稍微有點不自在。葛若德說：「別激動，小教授，我們無論如何都會抓到那個小偷的。」

「你們這些幼稚的傢伙，快去傳達命令，叫那一夥人至少不要太引人注目，要他們別一直盯著那間飯店。懂了嗎？快去！」

那群少年跑走了，只留下幾個小偵探在中庭裡。

「我向門房借了十馬克，」愛彌兒說：「小偷要是逃跑了，我們就有足夠的錢跟蹤他。」

「乾脆叫外面那些孩子回家去吧。」克倫比格提議。

「你以為他們會回家嗎？就算諾倫朵夫廣場爆炸了，他們也不會離開的。」小教授說。

「那就只有一個辦法，」愛彌兒說：「我們必須改變計畫，不用間諜包圍古倫戴斯，而是進行真正的追捕。動員所有的孩子從四面八方包圍他。」

「我也這麼想，」小教授說：「我們最好改變戰略，逼得他走投無路，不得不投降。」

「太棒了！」葛若德喊道。

「他一定寧願交出錢來，也不想讓上百個孩子又跳又叫的跟在他身後幾個小時，鬧得全城的人都跑過來，等警察捉住他。」愛彌兒這樣判斷。

其他人點頭同意。這時在拱門裡響起了鈴鐺聲！小帽波妮神采飛揚的騎著腳踏車進了中庭。「早安，各位，」她喊道，跳下車來，向表哥愛彌兒、小教授，以及其他人打招呼，接著取下她綁在車把上的一個小籃子。「我替你們帶了咖啡，」她尖著嗓子說：「還有幾個奶油小麵包！我甚至還帶來了一個乾淨的杯子。啊，杯子的把手掉了！運氣真是不好！」

雖然大家都已經吃過早餐，連愛彌兒都在克萊德飯店裡吃過了，但是誰也不想讓這個小女孩掃興，於是就用那個沒有把手的杯子喝了牛奶咖啡，吃著小麵包，彷彿已經一個月沒吃東西似的。

「噢，味道真好！」克倫比格大聲說。

「這些小麵包真是鬆脆。」小教授嚼著麵包說。

「好吃吧？」波妮問道：「是吧，家裡有波妮在就是不一樣！」

「是中庭裡。」葛若德糾正她。

「家裡還好吧？」愛彌兒問。

「他們還好，謝謝。外婆特別要我問候你，她要你快點回來，否則就罰你每天吃魚。」

「真要命。」愛彌兒低聲說道，還皺了皺眉頭。

「為什麼說真要命呢？」小米登茨威問道：「魚不是很好吃嗎？」大家全都吃驚的看著他，因為小米登茨威幾乎從來不說話。他也立刻紅了臉，躲到他哥哥背後。

「愛彌兒一口魚也不能吃，要是他勉強吃，馬上就會吐出來。」小帽波妮說。

大家就這樣閒聊著，心情很好。男孩子表現得格外殷勤，小教授扶著波妮的腳踏車，克倫比格把熱水瓶和杯子沖洗乾淨。大米登茨威把包小麵包的紙摺得整整齊齊，愛彌兒把籃子再綁回腳踏車的把手上。葛若德檢查了腳踏車輪胎裡還有沒有氣，小帽波妮則在中庭裡跳來跳去，唱著歌，天馬行空的說個不停。

「對了！」她忽然用單腳站著喊道：「我還有一件事情要問！外面諾倫朵夫廣場上怎麼會有那麼多小孩？看起來簡直就像個夏令營！」

「他們聽說了我們在追小偷，好奇的跑來看熱鬧。現在他們也想要參加。」小教授解釋。

這時古斯塔夫衝進大門，大聲按著喇叭，吼道：「快！他出來了！」

大家立刻衝出去。

「注意！聽好了！」小教授喊道：「我們要包圍他。讓他前後左右都是小孩！明白了嗎？途中我們再下達進一步的命令。出動！」

他們跌跌撞撞的衝出大門，留下小帽波妮一個人，覺得自己被冷落了。她心急的跳上那輛鍍鎳的小型腳踏車，像她外婆一樣叨念著：「事情有點不妙，事情有點不妙！」隨即騎車跟在那群少年後面。

頭戴圓頂高帽的男子剛剛跨出飯店大門，緩緩步下臺階，然後右轉走向克萊斯特街。小教授、愛爾兒，以及古斯塔夫派出的信差在各群孩子當中穿梭來去。三分鐘後，古倫戴斯就被團團包圍了。

古倫戴斯十分詫異的看向前後左右。那些男孩有說有笑，彼此用手肘撞來撞去，亦步亦趨的跟著他。有幾個男孩盯著他看，直到他尷尬的再度直視前方。

咻！一顆球緊貼著他腦袋旁邊飛過去，害他嚇了一跳，不禁加快了腳步。可是那些男孩也跟著加速。他想要趕緊拐進一條巷子，但是又有一群小孩從巷子裡衝了出來。

「唉呀，他一副想打噴嚏的表情。」古斯塔夫大聲說。

「你稍微掩護我一下，」愛彌兒建議，「現在還沒必要讓他認出我來。反正他很快就會明白了。」古斯塔夫挺起胸膛，跳到愛彌兒前面，像個渾身肌肉多到跑不動的拳擊手。小帽波妮騎著腳踏車跟在這列隊伍旁邊，開心的按響車鈴。

頭戴圓頂高帽的男子顯然緊張了起來。他隱隱察覺事情不妙，急忙邁開大步。可惜沒有用，他怎麼也擺脫不了這群敵人。

小偷忽然停下腳步，彷彿被釘住了一般，轉身朝著他來時的那條街再往回走。這時所有的孩子也都轉身，掉頭繼續前進。

這時一個男孩從小偷面前橫衝過去，使他踉蹌了一下，原來是克倫比格。小偷喊道：「你這個臭小子想做什麼？我馬上叫警察來！」

「噢，請便，你去叫警察來啊！」克倫比格大聲說：「我們早就在等著了。你去叫呀！」

古倫戴斯先生並不想叫警察。他心裡愈來愈毛，真的害怕起來，不知道該往哪裡去。每一扇窗戶都有人探出頭來張望，女店員連同顧客一起跑到店門口來詢問發生了什麼事。現在要是有警察過來，那就完了。

這時那個小偷靈機一動。他看見一家德國商業銀行的分行，就衝出孩子的包圍，急忙走向銀行大門，消失在門後。

小教授跳到銀行門口，大聲說：「古斯塔夫和我跟進去！愛彌兒暫時留在門口，等待時機！等古斯塔夫按下喇叭就展開行動！到時候愛彌兒就帶十個人進來。愛彌兒，你先挑出合適的人選。接下來會很棘手！」

說完，古斯塔夫和小教授便走進銀行大門。

愛彌兒的一顆心狂跳，耳朵也嗡嗡作響。決定勝負的時刻就要到了！他喊來克倫比格、葛若德、米登茨威兄弟和另外幾個少年，並且要其他那一大批男孩先散開。

那群孩子走到距離銀行幾步遠的地方，但是並未走遠。他們無論如何也不願意錯過接下來要發生的事。

小帽波妮請一個男孩替她扶住腳踏車，自己走到愛彌兒身邊。

「我在這兒，」她說：「加油，現在到了緊要關頭。噢，天哪，天哪，我好緊張，像支雨傘一樣繃得緊緊的。」

「妳以為我不緊張嗎？」愛彌兒問。

第十四章

大頭針大有用處

古斯塔夫和小教授走進銀行時，頭戴圓頂高帽的男子已經站在掛著「存／提款」牌子的窗口前面，不耐煩的等著輪到他。那位銀行職員正在打電話。

小教授站在小偷旁邊，像隻獵犬緊緊盯著他。古斯塔夫則站在小偷身後，把手插在褲袋裡，準備好要按喇叭。

這時銀行職員走到窗口前，問小教授想辦什麼事。

「請先替這位先生服務，他比我早到。」小教授說。

「您想辦的是……？」銀行職員改問古倫戴斯。

「請替我把一張百元鈔換成兩張五十馬克的鈔票，另外再把四十馬克的鈔票換成硬幣。」古倫戴斯一邊說，一邊伸手到口袋裡，拿出一張一百馬克的鈔票和兩張二十馬克的鈔票擺在桌上。銀行職員拿起這三張鈔票，朝錢箱走去。

「等一下！」小教授高聲喊道：「這筆錢是偷來的！」

「什麼？」銀行職員大吃一驚，轉過身來。其他部門裡正坐著在做心算的同事也停下工作，嚇得跳起來，彷彿被蛇咬了。

「這筆錢根本不是這位先生的，是他從我一個朋友那兒偷來的，他之所以想要換錢，是因為這樣一來，別人就不能證明他偷了錢。」小教授說明。

「我這輩子還從沒聽過這麼無恥的話，」古倫戴斯說，轉身向銀行職員說了聲：「對不起！」就賞了小教授一個耳光。

「這也改變不了事實。」小教授說完，朝古倫戴斯肚子上打了一拳，使他不得不扶著桌子才能站穩。這時古斯塔夫按了三下喇叭，聲音大得嚇人。銀行職員紛紛跳起來，好奇的跑向這個窗口。銀行主管也生氣的從辦公室裡衝出來。

十個少年衝進門裡，由愛彌兒帶頭，把戴著圓頂高帽的男子團團圍住。

「搞什麼？這些小蘿蔔頭是怎麼回事？」銀行主管大吼。

「我剛才把一筆錢交給貴行的出納兌換，這些小鬼卻聲稱這錢是我從他們那裡偷來的。」古倫戴斯說，還氣得發抖。

「是真的！」愛彌兒大喊，跳到了窗口前。「昨天下午，在從新鎮駛往柏林的火車上，趁我睡著的時候，他從我這兒偷走了一張一百馬克的鈔票和兩張二十馬克的鈔票！」

「噢，你能夠證明嗎？」銀行職員嚴肅的問。

「我一個星期前就到柏林了，而且昨天從早到晚都待在城裡。」小偷說，臉上掛著禮貌的微笑。

「你這個可惡的騙子！」愛彌兒大喊，氣得差點流淚。

「你能夠證明這位先生就是跟你一起坐在火車上的那個人嗎？」銀行主管問。

「他當然沒辦法證明。」小偷滿不在乎的說。

「要是只有你和他一起坐在火車上，你就沒有證人。」一個銀行職員說。愛彌兒的伙伴聽了都一臉震驚。

「我有證人！」愛彌兒喊道：「我有一個證人，名叫雅各太太，來自大格呂瑙鎮。她也和我們坐在同一節車廂，後來才下車的。而且她還請我替她問候新鎮的庫茲哈斯先生呢！」

「看來，你得要提出不在場證明才行了。」銀行主管對小偷說：「你能夠證明嗎？」

「當然可以，」小偷說：「我就住在附近的克萊德飯店……」

「你昨天晚上才住進去的，」古斯塔夫大聲說：「我假扮成電梯服務生混進飯店，知道得一清二楚，老兄！」

銀行職員露出微笑，開始對這群少年感到好奇。

「這筆錢最好暫時留在我們這兒，請問先生貴姓？」銀行主管說，從一個本子裡撕下一張紙，以便寫下姓名和住址。

「他叫作古倫戴斯！」愛彌兒喊道。

頭戴圓頂高帽的男子哈哈大笑，說道：「看吧，他一定是認錯人了。我姓繆勒。」

「他說謊！真不要臉！在火車上，他明明告訴大家他姓古倫戴斯。」愛彌兒生氣的大叫。

「你有身份證件嗎？」銀行出納問。

「可惜沒帶在身上，」小偷說：「不過如果你願意稍等一下，我就回飯店把證件拿來。」

「這傢伙一直在說謊！那是我的錢，我要拿回來！」愛彌兒大喊。

「孩子，就算那真的是你的錢，事情也沒有這麼簡單。你要怎麼證明那是你的錢呢？難道鈔票上面寫著你的名字嗎？還是說你記得鈔票上的編號？」出納員說。

「當然不記得，」愛彌兒說：「誰曉得自己會被偷呢？可是那無論如何都是我的錢，是我母親要我交給外婆的，外婆就住在舒曼街十五號。」

「有哪張鈔票缺了一角嗎？還是有其他地方跟一般的鈔票不同呢？」

「我不知道。」

「各位，我以名譽擔保，錢真的是我的。我總不會去搶小孩子的錢吧！」小偷聲稱。

「等一下！」愛彌兒忽然大喊一聲，跳了起來，頓時鬆了一口氣。

「等一下！在火車上，我用一根大頭針把那幾張鈔票別在我的外套上。所以，那三張鈔票上一定都找得到針孔！」

出納員把鈔票拿起來對著光線看。其他人都屏住了呼吸。

小偷向後退了一步。銀行主管焦躁的用手指敲著桌子。

「這孩子說的沒錯，」出納員大喊一聲，激動得臉色發白。「這幾張鈔票上的確有針孔！」

「而那根針就在這裡，」愛彌兒說，得意洋洋的把那根大頭針放在桌上。「我還刺到了自己呢。」

這時小偷飛快的轉身，推開左右兩邊的少年，把他們都撞倒了。他衝過大廳，扯開大門，跑了出去。

「快追！」銀行主管大喊。

所有人都向門口跑去。

等他們來到街上，那個小偷已經被至少二十個男孩緊緊抓住。他們抱住他的腿，掛在他的臂膀上，扯著他的外套。他瘋狂的揮動雙手，但是那些男孩絲毫不肯放鬆。

警察也隨即趕來，是小帽波妮騎著腳踏車去找來的。銀行主管嚴肅的請求警察逮捕這位又叫古倫戴斯、又叫繆勒的男子，因為他很可能是個火車小偷。

出納員拿著那筆錢和那根大頭針，也跟著一起走。啊，這一列隊伍是多麼的壯觀！警察和銀行職員把小偷夾在中間，後面跟著九十到一百個小孩！就這樣朝著警察局走去。

小帽波妮騎著那輛鍍鎳的小型腳踏車跟在隊伍旁邊，對著心情愉快的表哥愛彌兒點頭，喊道：「愛彌兒，我要趕緊騎車回家，把這齣熱鬧的好戲講給他們聽。」

愛彌兒也向她點點頭，說：「午餐時間我就回家了！替我問候大家！」

小帽波妮又喊道：「你知道你們看起來像什麼嗎？就像學校舉辦的一場盛大遠足！」說完她就猛按著車鈴，轉過了街角。

第十五章
愛彌兒造訪警察總署

那列隊伍朝著最近的警察局前進。警察向一名警官報告發生了什麼事，由愛彌兒加以補充。接著愛彌兒報上自己的出生日期、出生地、姓名和住址。那名警官用鋼筆一一寫下來。

「那你叫什麼名字呢？」警官問那個小偷。

「赫伯特・基斯林。」那人說。

愛彌兒、古斯塔夫和小教授不禁哈哈大笑。把那一百四十馬克交給警官的那名銀行職員也跟著笑了。

「唉呀，這個壞東西！」古斯塔夫大聲說：「他先是叫作古倫戴斯，然後又叫作繆勒，這會兒他又叫作基斯林了！我還真想知道他究竟叫什麼名字！」

「安靜！」警官低吼了一聲，「這一點我們會查清楚。」

叫古倫戴斯又叫繆勒又叫基斯林的先生接著說出了他目前的住址，也就是克萊德飯店，再報上了生日和出生地，並且說他沒有帶身分證件。

「昨天以前你在哪裡？」警官問。

「在大格呂瑙鎮。」小偷說。

「他一定又在說謊。」小教授大聲說。

「安靜！」警官又低吼一聲，「這一點我們也會查清楚。」

銀行職員問他是否可以走了，於是警方記下了他的個人資料。他和氣的拍拍愛彌兒的肩膀，就離開了。

「基斯林，昨天下午，在從新鎮駛往柏林的火車上，你是否從實科中學生愛彌兒・蒂許拜恩那兒偷走了一百四十馬克？」警官問。

「沒錯，」小偷神情沮喪的說：「我也不知道是怎麼回事，那完全是一時的衝動。這孩子躺在角落睡著了，信封從他身上掉了出來。於是我把信封撿起來，只是想看看裡面裝了什麼。因為我剛好缺錢……」

「這個騙子！」愛彌兒喊道：「我把那筆錢牢牢釘在外套口袋上，根本不可能掉出來！」

「而且他肯定也沒那麼缺錢，否則他不會把愛彌兒的錢全數留在口袋裡。他明明搭了計程車，吃了半熟的雞蛋，還喝了啤酒，這些都是得付錢的。」小教授表示。

「安靜！」警官低吼一聲，「這一點我們也會查清楚。」

警官把聽到的一切都記錄下來。

「可以放我走了嗎，警官先生？」小偷問道，斜眼望著警察，唯恐不夠禮貌。「我已經承認我偷了錢，而您也知道我住在哪裡。我是來柏林出差的，還有幾件事情要辦。」

「開什麼玩笑！」警官嚴肅的說，打電話去警察總署，要求派一輛車來，說他的轄區抓到了一個火車小偷。

「我什麼時候可以拿回我的錢呢？」愛彌兒擔心的問。

「在警察總署，」警官說：「你們現在馬上搭車過去。所有的事情都會在那裡解決。」

「唉呀，愛彌兒，」古斯塔夫小聲的說：「這會兒你得搭囚車到亞歷山大廣場去了！」

「胡說八道！」警官說：「蒂許拜恩，你身上有錢嗎？」

「有的！」愛彌兒說：「大家昨天湊了錢，另外克萊德飯店的門房也借了十馬克給我。」

「真是標準的偵探！你們這些渾小子！」警官低吼一聲，但是這次的低吼聲聽起來很和善。「那麼，蒂許拜恩，你搭地鐵到亞歷山大廣場，去找魯爾耶刑警。後續的事到時候你就會知道，你也能在那裡拿回你的錢。」

「我可以先把這十馬克拿去還給飯店門房嗎？」愛彌兒問。

「當然可以。」

幾分鐘後來了一輛警車。叫古倫戴斯又叫繆勒又叫基斯林的先生被帶上車。警官把書面報告和那一百四十馬克交給車上的一名警察，也把那根大頭針交給他。那輛警車就緩緩開走了。站在馬路上的那群小孩在小偷身後大喊大叫，可是小偷一動也不動，也許是太得意了，因為他可以坐上一輛個人專車。

愛彌兒和警官握手致謝。接著小教授告訴那群守在警察局前面的孩子，說愛彌兒會在亞歷山大廣場拿回那筆錢，宣告這場追捕行動就此結束。於是這些孩子就成群結隊的回家去了，只有較為親密的朋友陪著愛彌兒走到飯店，再走到諾倫朵夫廣場的地鐵站。愛彌兒請他們打電話給星期二，讓星期二得知整個事情的經過。愛彌兒還說，他很希望能在返回新鎮之前跟大家再見一面，說他衷心感激大家的協助，而他也會把錢還給大家。

「你要是敢把錢還給我們，我就要揍你一頓，老兄！」古斯塔夫大聲說：「再說我們還有一場拳擊要打。為了你身上這套好笑的西裝。」

「唉，老兄！」愛彌兒說，握住了古斯塔夫和小教授的手。「我心情這麼好，那場拳擊賽我們就算了吧。我太感動了，實在不忍心把你打趴在地。」

「就算你心情不好，也沒辦法把我打趴在地的，你這個臭小子！」古斯塔夫大聲說。

隨後他們三個就搭地鐵到亞歷山大廣場，前往警察總署。他們穿過一條又一條的走道，經過數不清的辦公室，最後終於找到了正在吃早餐的魯爾耶刑警。愛彌兒上前報到。

「啊哈！」魯爾耶先生一邊嚼著食物一邊說：「愛彌兒．史篤拜恩，少年偵探。我已經接到電話通報，刑事警察局長已經在等你了，想和你聊一聊。跟我來吧！」

「我的姓氏是蒂許拜恩。」愛彌兒糾正他。

「反正都差不多啦。」魯爾耶先生說，又咬了一口麵包。

「我們在這裡等你。」小教授說，古斯塔夫則在愛彌兒身後喊道：「動作要快一點，老兄！每次看見別人在吃東西，我就跟著餓了！」

魯爾耶先生悠哉悠哉的穿過好幾條走道，向左轉，向右轉，又再向左轉，然後在一扇門上敲了敲。一個聲音喊道：「進來！」魯爾耶把門稍微打開，一邊嚼著麵包一邊說：「那個小偵探來了，局長先生。就是那個愛彌兒．費許拜恩，您曉得的。」

「我的姓氏是蒂許拜恩。」愛彌兒強調。

「這名字不錯喲。」魯爾耶先生說，順手推了愛彌兒一把，害他一跤跌進了那間辦公室。

局長是位和善的先生。他要愛彌兒在一張舒適的扶手椅上坐下，將遇上小偷這件事從頭到尾一五一十的告訴他。聽完之後，局長鄭重的宣布：「好，現在你可以拿回你的錢了。」

「謝天謝地！」愛彌兒鬆了一口氣，把錢塞進口袋。這一次格外小心。

「可別再讓人偷走了！」

「不會的！絕對不會！我馬上就把錢拿去給外婆！」

「對了！我差點忘了，你得給我你在柏林的住址。你還會在這裡待個幾天吧？」

「我會再待幾天，」愛彌兒說：「我住在舒曼街十五號的海博德家，我姨丈姓海博德，我阿姨也是。」

「你們這群孩子做得太好了。」局長說，把一根粗粗的雪茄塞進嘴裡。

「的確是這樣！每個人都表現得很出色。」愛彌兒興奮的說：「古斯塔夫和他的喇叭，還有小教授、星期二、克倫比格、米登茨威兄弟，每個人都很了不起。和他們在一起真是太愉快了。尤其是小教授，他真是個厲害的角色！」

「噢，你自己表現得也不錯啊！」局長說著，吐出了一口菸。

「還有一件事我想請問，局長先生，那個小偷接下來會受到什麼樣的處置呢？不管他是叫古倫戴斯還是別的名字。」

「我們帶他到鑑識部門去了。在那裡替他拍照，也會採下他的指紋。

然後我們就會把他的照片和指紋拿來和檔案資料中的照片比對。」

「什麼檔案資料？」

「凡是曾經被判刑的罪犯，我們都替他們拍了照。另外也搜集了尚未被抓到的通緝犯的指紋和腳印。因為偷你錢的那個人有可能也犯下了別樁竊盜案，對不對？」

「沒錯。這一點我根本沒想過呢！」

「你稍等一下。」局長和氣的說，因為電話響了。「是的……是你們會感興趣的……你們就到我辦公室來一趟吧……」局長對著話筒說完，掛掉了電話後說道：「待會兒有幾位報社的先生會來訪問你。」

「訪問是什麼意思？」愛彌兒說。

「訪問的意思就是詳細的詢問。」

「不會吧！」愛彌兒喊道：「那我還會上報囉？」

「有可能，」局長說：「一個學生抓到了一個小偷，那他就要出名了。」

這時有人敲門。四位男士走進來，局長和他們握了手，簡短的敘述了愛彌兒的經歷。那四位先生勤快的記著筆記。

「太棒了！」做完筆記後，一位記者說：「鄉下來的少年成了偵探。」

「也許局長可以雇用他擔任外勤工作？」另一個記者笑著建議。

「你為什麼沒有馬上去找警察，向他們求助呢？」第三位記者問道。

愛彌兒害怕了起來，想起新鎮的耶許克警官和那一場夢。這下子他大難臨頭了。

「說吧，是為什麼呢？」局長鼓勵他。

愛彌兒聳聳肩膀，決定豁出去了，說道：「好吧！因為我在新鎮時，替卡爾大公爵的雕像畫了個紅鼻子和一撇小鬍子。局長先生，請逮捕我吧！」

那五位先生不但沒有露出震驚的表情，反而哈哈大笑。局長大聲說：「愛彌兒啊，我們當然不會把這麼優秀的偵探關進監獄！」

「不會嗎？真的嗎？那我就放心了。」愛彌兒說著，鬆了一口氣。之後他走向其中一位記者，問道：「你不記得我了嗎？」

「不記得了。」那位男士說。

「昨天在一七七路電車上你替我付了車票錢呀！因為我當時身上沒有錢。」

「啊，對！」那位男士喊道：「我想起來了。你還想向我要住址，想還給我那十芬尼。」

「現在還給你好嗎？」愛彌兒問，從褲子口袋裡掏出十芬尼。

「別鬧了，」那位先生說：「當時你還作了自我介紹呢。」

「的確，」愛彌兒說：「我常常這麼做。我名叫愛彌兒・蒂許拜恩。」

「我叫凱斯特納。」那名記者說，他們倆握了手。

「太好了！」局長大聲說：「原來你們已經見過面了！」

「聽我說，愛彌兒，」凱斯特納先生說：「你願意跟我到編輯室去一趟嗎？在那之前，我們找個地方吃塊蛋糕配上鮮奶油。」

「可以讓我請你嗎？」愛彌兒問。

「這小子真愛面子！」幾位先生都樂得笑了。

「不行，帳得由我來付。」凱斯特納先生說。

「我很樂意，」愛彌兒說：「可是小教授和古斯塔夫還在外面等我。」

「他們當然也一起去。」凱斯特納先生表示。

另外幾位記者還有許多問題要問，愛彌兒一一詳細的回答。他們又做了筆記。

「那個小偷是新手嗎？」其中一位記者問。

「我不這麼認為，」局長回答：「說不定事情會大大出人意料呢。總之，一個小時後，請各位再打個電話給我。」

接著大家就互相道別。愛彌兒跟著凱斯特納先生回到魯爾耶刑警那兒。魯爾耶還在吃東西，一邊說道：「啊哈，是于博拜恩這個小傢伙！」

「我叫蒂許拜恩。」愛彌兒說。

凱斯特納先生帶著愛彌兒、古斯塔夫和小教授坐上一輛汽車，先搭車到一家蛋糕店。途中古斯塔夫按起喇叭，嚇了凱斯特納先生一跳，三個少年都樂壞了。在蛋糕店裡，他們三個都很開心，一邊吃著櫻桃蛋糕配上很多鮮奶油，想到什麼就說什麼，說起在尼克斯堡廣場上召開的作戰會議、搭計程車追小偷、在飯店裡那一夜、假扮電梯服務生的古斯塔夫和銀行裡的那番騷動。最後，凱斯特納先生說：「你們真是三個好小子。」

他們感到非常自豪，又吃了一塊蛋糕。

之後古斯塔夫和小教授坐上了一輛公車。愛彌兒答應下午會打電話給星期二，就跟著凱斯特納先生搭車到編輯室去。報社那棟建築很大，和位在亞歷山大廣場的警察總署不相上下，走道上不斷有人呼嘯奔走，彷彿正在舉行一場障礙賽跑。

他們走進一間辦公室，裡面坐著一位漂亮的金髮小姐。凱斯特納先生在辦公室裡走來走去，把愛彌兒先前所說的故事口述一遍，讓那位小姐用打字機寫下來。有時候他會停下腳步，問愛彌兒：「是這樣沒錯吧？」如果愛彌兒點點頭，凱斯特納先生就繼續口述。

之後凱斯特納先生又撥了個電話給刑事警察局長。

「什麼？」凱斯特納先生喊道：「噢，這太棒了……暫時還不要告訴他？……哦，還有一件事？……我太高興了……非常謝謝！……這會成為一條大新聞……」

他掛掉電話，打量著愛彌兒，彷彿以前不曾見過他似的說道：「愛彌兒，快跟我來！我們得替你拍張照！」

「啊？」愛彌兒訝異的說。但是他一切照辦，隨著凱斯特納先生搭電梯再往上三層樓，走進一個有許多扇窗戶的明亮大廳。他先梳了梳頭髮，然後有人替他拍了照。

隨後凱斯特納先生帶著他到排字房去，那裡噠噠作響，像是有千百臺打字機同時在運作！[1]他把那位漂亮的金髮小姐打出的幾頁稿子交給一個男子，說他待會兒再上樓來，因為這篇稿子非常重要，說他只離開一下，先送這孩子回他外婆家。

接著他們就搭電梯到一樓，走到報社門口。凱斯特納先生招手叫了一輛計程車，讓愛彌兒坐進去。雖然愛彌兒不想讓他付錢，他還是給了司機車資，並且對司機說：「請替我把這位小朋友送到舒曼街十五號。」

1 早年的活字印刷使用的是鉛字，必須由排字工人在排字房裡把一個一個鉛字排成句子，再排成文章。如今的報社都已採用電腦排版，就再也看不見排字房的熱鬧景況了。

他們真誠的握了手。凱斯特納先生說：「等你回家以後，請代我問候你母親。她一定是位非常和藹可親的婦人。」

「那當然。」愛彌兒說。

「還有一件事，」凱斯特納先生喊道，這時計程車已經開動，「今天下午看一下報紙！你會大吃一驚的，孩子！」

愛彌兒轉過身去揮手。凱斯特納先生也向他揮揮手。

不久計程車就轉過了街角。

第十六章

刑事警察局長捎來問候

車子已經來到菩提樹下大道，這時愛彌兒在車窗上敲了三下。車子停了下來，愛彌兒問：「司機先生，我們是不是快到了？」

「是啊。」司機回答。

「真抱歉，給你添麻煩了。」愛彌兒說：「但是我要先去凱薩大道的優斯堤咖啡館一趟，因為我要送給外婆的花束還有行李箱都還在那兒。可以麻煩你載我去嗎？」

「這不麻煩，可是你有錢嗎？如果我剛才拿到的車錢不夠的話？」

「我有錢，司機先生，而且我非拿到那束花不可。」

「那，好吧。」司機說，把車子向左轉，穿過布蘭登堡門，沿著綠樹成蔭的動物園，駛往諾倫朵夫廣場。由於事情已經順利解決，愛彌兒覺得那個廣場此刻看起來不再隱藏著危險，反而令人心曠神怡。但是為了小心起見，他還是摸了摸胸前的口袋。錢還在。接著他們駛上莫茨大街，一直走到盡頭再向右轉，停在優斯堤咖啡館前面。

愛彌兒下了車，到櫃臺請女店員把行李箱和花束拿給他。拿到以後，他道了謝，再坐上車，說道：「司機先生，現在我們就去外婆家！」

車子掉個頭，再往回開，駛過剛才那條長路，越過施普雷河，經過古老的街道，兩旁是灰撲撲的房屋。愛彌兒很想把沿途的景色看得更清楚一點，卻沒那麼容易，先是行李箱一直倒下來，而行李箱若是有幾分鐘立著不動，那麼就一定有風鑽進包著花束的白紙，弄得那張紙窸窸窣窣的打開了。愛彌兒特別小心，不讓那束花被風吹走。

這時司機踩了剎車，車子停住。舒曼街十五號到了。

「啊，我們到了，」愛彌兒說，隨時下了車。「我還需要再付錢給你嗎？」

「不用。我反而還要找你三十芬尼呢。」

「噢，不必找了！」愛彌兒大聲說：「你拿去買幾根雪茄吧！」

「我是嚼菸草的，孩子。」司機說著就把車子開走了。愛彌兒爬上四樓，按了海博德家的電鈴。門後響起一陣大呼小叫，很快門就開了，外婆站在那兒，一把抓住愛彌兒的衣領，在他左臉上親了一下，同時輕輕打了一下他的右臉，扯著他的頭髮，把他拉進屋裡，一邊喊道：「噢，你這個可惡的淘氣鬼，噢，你這個可惡的淘氣鬼！」

「我們聽說了不少關於你的好事呢。」瑪塔阿姨和藹的說，還跟他握了手。小帽波妮繫著她母親的圍裙，朝他伸出手肘，尖著嗓子說：「小心！我的手是溼的，因為我正在洗碗呢。我們女人真可憐！」

隨後大家全都走進客廳，要愛彌兒在沙發上坐下。外婆和瑪塔阿姨端詳著他，彷彿他是大畫家提香筆下的一幅珍貴名畫[1]。

「錢拿回來了嗎？」小帽波妮問。

「當然囉！」愛彌兒說，從口袋裡拿出那三張鈔票，把一百二十馬克交給外婆，說：「外婆，這是要給妳的。媽媽要我代她好好問候妳，希望妳別為了前幾個月沒寄錢來而生氣，當時店裡的生意不太好。不過這一次的錢要比平常多一點。」

「好孩子，謝謝你。」外婆回答，把一張二十馬克的鈔票還給他，說：「這是給你的！因為你是個能幹的偵探。」

「不，我不能拿。媽媽另外給了我二十馬克，就在我口袋裡。」

「愛彌兒，聽外婆的話。快把錢收起來！」

「不，我不能拿。」

「唉喲，你真是的！」小帽波妮大喊，「換作是我，我就馬上收下！」

「可是我不想拿。」

「你就收下吧，要不然我會氣得風溼病發作。」外婆說。

1　提香（Tiziano Vecellio）是義大利文藝復興時期的一位著名畫家，擅長肖像畫。

「快把錢收起來吧！」瑪塔阿姨說，把鈔票塞進愛彌兒的口袋。

「好吧，如果你們非要我收下不可。」愛彌兒嘆著氣說：「謝謝外婆。」

「該道謝的人是我，該道謝的人是我。」外婆一邊撫摸愛彌兒的頭髮一邊說。

接著愛彌兒獻上了那束花。波妮抱了一個花瓶來。可是當他們把包裝紙打開時，不禁啼笑皆非。

「已經變成乾巴巴的蔬菜了。」波妮說。

「這些花從昨天下午以後就沒有放在水裡，難怪都乾掉了。」愛彌兒解釋，心裡很難過，「昨天我和媽媽從花店買來時，還很新鮮呢。」

「我相信，我相信。」外婆說，把枯萎的花朵放進水裡。

「說不定這些花還會再活過來。」瑪塔阿姨安慰愛彌兒，「好啦，我們該吃午餐了。姨丈要到晚上才會回來。波妮，去擺碗盤！」

「好的，」波妮說：「愛彌兒，猜猜午餐吃什麼？」

「我不知道。」

「你最喜歡吃什麼呢？」

「加了火腿的通心麵。」

「這就對啦，那你就知道午餐吃什麼啦！」

其實愛彌兒昨天才吃過加了火腿的通心麵。不過，最愛吃的東西幾乎可以天天吃，而且自從昨天中午在新鎮和媽媽一起吃過午餐之後，愛彌兒感覺彷彿已經過了一個星期。於是他朝著那盤通心麵進攻，如同那是叫古倫戴斯又叫繆勒又叫基斯林的先生。吃過飯後，愛彌兒和小帽波妮到街上去了一會兒，因為愛彌兒想要試騎波妮那輛鍍鎳的小型腳踏車。外婆躺在沙發上休息，瑪塔阿姨則用烤箱烤蘋果蛋糕。阿姨做的蘋果蛋糕非常好吃，在家族中是出了名的。愛彌兒騎車穿過舒曼街，波妮跟在他旁邊跑，緊緊扶著坐墊，聲稱她一定要扶著，否則表哥就會飛出去。然後她要愛彌兒下車，自己騎給他看如何繞圈、如何騎出三字形和八字形。

這時有個警察朝他們走過來，手裡提著一個公事包，問道：「小朋友，海博德家是住在這條街的十五號嗎？」

「沒錯，」波妮說：「那就是我們家。警察先生，請稍等一下。」她把腳踏車推進地下室鎖好。

「是什麼不好的事嗎？」愛彌兒問，忍不住想起夢中那個討厭的耶許克警官。

「正好相反。你就是那個愛彌兒·蒂許拜恩嗎？」

「是的。」

「噢，那麼你真的要好好恭喜自己！」

「是誰過生日啊？」剛回來的波妮問道。

可是警官什麼也沒說，一個勁兒的往樓梯爬。瑪塔阿姨領他進了客廳，外婆醒過來，在沙發上坐好，一臉好奇。愛彌兒和小帽波妮站在桌旁，急著想知道這是怎麼一回事。

「事情是這樣的，」警官一邊打開公事包一邊說：「實科中學生愛彌兒·蒂許拜恩今天早上協助警方捉到的小偷，原來正是來自漢諾瓦的一個銀行搶匪，警方從一個月前就在追捕他。這個搶匪偷了一筆巨款，警方的鑑識部門掌握了他犯罪的證據，而他也已經招供了。偷來的錢大部分被縫進他的西裝襯裡，已經被警方找到。全都是一千馬克的大鈔呢。」

「哇，嚇死人了！」小帽波妮說。

「遭竊的銀行在兩星期前懸賞，」警察繼續說：「抓到這傢伙的人就能得到一筆獎金。」警察轉身面向愛彌兒，「因為是你抓到了這個人，這筆獎金就歸你所有。局長要我代他問候你，他很高興你的功勞能以這種方式得到獎賞。」

愛彌兒為此鞠了個躬。

警官說完，就從公事包裡拿出一束鈔票，一邊數一邊放在桌上，瑪塔阿姨仔細的看著，等他數完，她小聲的說：「一千馬克！」

「天哪！」波妮喊道：「竟然有這種事！」

外婆在收據上簽了名，警官就告辭了。離開之前，瑪塔阿姨從姨丈的酒櫃裡倒了一大杯櫻桃燒酒請他喝。

愛彌兒在外婆身旁坐下，一句話也說不出來。老太太伸出手臂摟住他，搖著頭說：「這實在讓人不敢相信，這實在讓人不敢相信。」

小帽波妮爬到一張椅子上，打起拍子，假裝房間裡有一支樂隊，唱著：「現在我們該邀請那些男孩來家裡喝咖啡！」

「對，」愛彌兒說：「當然要。但是首先……現在……也可以找媽媽來柏林……你們覺得呢？」

第十七章

蒂許拜恩太太非常激動

隔天早晨，新鎮麵包店的老闆娘維特太太按了美髮師蒂許拜恩太太家的門鈴。

「早安，蒂許拜恩太太，」維特太太說：「妳好嗎？」

「早安，維特太太。我好擔心哪！我兒子一直都還沒寫信來。每次門鈴一響，我就以為是郵差。妳是來做頭髮的嗎？」

「不是，我只是過來探望一下，另外還有件事要轉告。」

「請說吧。」

「愛彌兒要我向妳問好，還有……」

「天哪！他出了什麼事？他人在哪裡？妳知道些什麼？」蒂許拜恩太太大喊，整個人異常激動，甚至害怕得高高舉起雙手。

「妳別擔心，他沒事，甚至好得很呢。他逮到了一個小偷，妳想像得到嗎！警方給了他一千馬克的獎金。怎麼樣，這是個好消息吧？所以他要妳搭中午的火車到柏林去。」

「可是妳又是怎麼知道的？」

「妳妹妹，也就是海博德太太，剛剛從柏林打電話到我們店裡。愛彌兒也跟我說了幾句話。他希望妳能去柏林！既然妳們現在有了這筆錢，妳應該可以去一趟。」

「喔……這倒是，」蒂許拜恩太太心慌意亂的說：「一千馬克？他逮到了一個小偷？他怎麼會想到要去捉小偷呢？這個孩子老愛惹事！」

「可是這樣做很值得啊！一千馬克可是一大筆錢呢！」

「別再提這一千馬克了！」

「欸，這畢竟不是什麼壞事啊。怎麼樣，妳會去嗎？」

「當然要去！在看到我兒子之前，我一刻也不得安寧。」

「那就祝妳一路順風囉，也祝妳玩得開心！」

「多謝了，維特太太。」蒂許拜恩太太說，搖著頭關上了門。

下午，當她坐在前往柏林的火車上，她又經歷了一樁更令她吃驚的事。當時坐在她對面的先生正在看報。蒂許拜恩太太坐在角落，不安的望向另一個角落，數著從車窗外掠過的電線杆，覺得火車開得實在太慢了，恨不得跑在火車後面用力幫忙推。當她這樣坐立難安的轉來轉去時，她的目光落在對面那位乘客所讀的報紙上。

「我的老天爺！」她大喊一聲，從對方手裡搶過那張報紙。那人陡然一驚，以為這個婦人莫名發瘋了。

「你看！你看！」她結結巴巴的說：「這……這是我兒子啊！」她用手指戳戳登在頭版上的一張照片。「不會吧！」那人欣喜的說：「妳是愛彌兒．蒂許拜恩的母親？這是個了不起的孩子。我向妳脫帽致敬，蒂許拜恩太太，我向妳脫帽致敬！」

「是嗎？」蒂許拜恩太太說：「先生，你還是把帽子留在頭上吧！」接著她就讀起那篇報導。報上用大大的字體寫著：

少年偵探愛彌兒！

上百名柏林兒童追捕嫌犯到案

接下來是一篇引人入勝的詳盡報導，關於愛彌兒從新鎮火車站到柏林警察總署這一路上的經歷。蒂許拜恩太太讀得臉色發白。只見報紙簌簌作響，彷彿被風吹動，然而車窗卻是關著的。那位先生迫不及待的等著她把那篇報導讀完，但是那篇報導很長，幾乎占滿了整個頭版。愛彌兒的照片就刊登在正中央。

終於她把報紙擱在一邊，看著那人說：「一離開大人身邊，他就惹出這些事來。我還對他千叮嚀萬交代，要他看好那一百四十馬克！他怎麼會這麼粗心大意！他明知道我們沒有多餘的錢可以讓人偷走！」

「他可能只是累了，甚至說不定是被小偷催眠了。這種事也是有的。」那位先生說：「可是妳難道不認為這些孩子解決事情的方式很令人佩服嗎？實在是太聰明了！真了不起！實在太了不起了！」

「這倒是真的，」蒂許拜恩太太說，覺得自己受到了恭維，「我兒子的確是個聰明孩子，在班上總是第一名，而且也很勤快。可是你想想看，萬一他要是出了什麼事！雖然事情早已過去，我還是害怕得毛髮直豎。不行，我再也不讓他自己一個人搭車出門了。我會擔心死的。」

「他看起來就是照片上這副模樣嗎？」那位先生問。

蒂許拜恩太太又端詳起那張照片，然後說：「是的，他就是這副模樣。你覺得呢？」

「太棒了！」那人大聲說：「真是個堂堂的男子漢，將來一定會有所成就的。」

「只是他應該要坐得規矩一點，」愛彌兒的母親碎念著，「坐下之前應該要先把鈕扣解開，外套不要弄得皺巴巴的，可是他就是不聽話！」

「這算不上什麼缺點！」那位先生笑著說。

「不，我家的愛彌兒其實沒有缺點。」蒂許拜恩太太說著，激動得擤了擤鼻子……

那位先生隨後就下車了，還把報紙留給了她。在抵達腓特烈大街車站之前，她把愛彌兒的經歷一讀再讀，一共讀了十一次。

當她抵達柏林，愛彌兒已經站在月台上等她。為了母親，他特地穿上那套外出服，一把摟住了她的脖子，喊道：「嗯，現在妳怎麼說？」

「可別自鳴得意，你這個搗蛋鬼！」

「啊，蒂許拜恩太太，」他說著，挽起了媽媽的手臂，「我真高興妳來了。」

「去追捕小偷也沒讓你的西裝變得更整潔。」媽媽說，但是並沒有生氣的意思。

「只要妳願意，我可以得到一套新西裝。」

「誰要買給你？」

「一家百貨公司想送新西裝給我、小教授和古斯塔夫，然後在報上刊登廣告，說我們這幾個小偵探都在他們店裡買衣服。這叫作打廣告，妳聽過嗎？」

「我聽過。」

「不過我們大概會拒絕，雖然他們說如果覺得西裝很無聊，會改送我們每個人一顆足球。」愛彌兒神氣活現的說：「因為妳知道的，我們覺得大家對我們的吹捧實在太可笑了。大人想做這種事就隨便他們，我們無所謂，反正大人本來就很奇怪。但小孩子最好是別做。」

「對極了！」媽媽說。

「那筆錢交給姨丈保管了。一千馬克耶，這真是太棒了。首先我們要替妳買一個電動吹風機，再買一件冬天穿的大衣，裡面要有毛皮襯裡。至於我呢？我還要再考慮一下。也許還是買一顆足球吧，不然就買個照相機。再看看囉。」

「我想過了，我們還是把那筆錢存在銀行裡比較好。將來你一定用得到。」

「不行，一定要買吹風機還有暖和的大衣。剩下的錢可以依媽媽的意思存起來。」

「我們再商量吧。」媽媽說，隨即摟緊了他的手臂。

「妳知道所有的報紙上都刊登了我的照片嗎？還把我的故事寫成了長篇報導？」

「我在火車上已經讀過一篇了。起初我非常擔心，愛彌兒啊，你一點也沒有受傷嗎？」

「一點也沒有。我們玩得可開心了！嗯，我會把一切仔仔細細的說給妳聽，但是現在妳要先跟我的朋友打個招呼。」

「他們在哪裡？」

「在舒曼街，在瑪塔阿姨家裡。昨天阿姨就已經烤了蘋果蛋糕，然後我們邀來了所有的伙伴。現在他們正坐在阿姨家裡笑笑鬧鬧呢。」

海博德夫婦家裡果然熱鬧非凡。大家都來了：古斯塔夫、小教授、克倫比格、米登茨威兄弟、葛若德、腓特烈一世、特勞葛德、瘦小的星期二，還有一些叫不出名字的少年。椅子幾乎不夠坐。

小帽波妮拿著一大壺熱巧克力跑來跑去，替每個人盛滿。而瑪塔阿姨的蘋果蛋糕實在可口！外婆坐在沙發上呵呵笑，顯得年輕了十歲。

當愛彌兒和他母親抵達，受到大家熱烈的歡迎。每個少年都和蒂許拜恩太太握手，她則向他們一一道謝，謝謝他們幫了愛彌兒大忙。

「對了，」愛彌兒說：「我們不要西裝，也不要足球，不要讓別人利用我們來打廣告。大家同意嗎？」

「同意！」古斯塔夫喊道，按起了喇叭，把瑪塔阿姨的花盆都震動了。

這時外婆用湯匙敲敲手中的金色杯子，站起來說：「你們這群小夥子，現在好好聽著，我有話要說。嗯，你們別太得意！我不是要誇獎你們。其他人已經把你們捧上天了，我不會跟他們一樣。不，我不會跟他們一樣！」

孩子全都安靜下來，甚至不敢再繼續嚼蛋糕。

「偷偷跟蹤一個小偷，」外婆接著說：「出動上百個男孩去把他抓住——嗯，這算不上什麼本事。我這樣說，你們心裡覺得不是滋味吧？而你們當中有一個人，他本來也很想偷偷跟在古倫戴斯後面，本來也很想穿上綠色制服假扮飯店的電梯服務生去打探消息，但是他留在家裡，因為他接下的任務需要他留在家裡。」大家都看著瘦小的星期二，他感到很難為情，一張臉紅得像莓子。

「沒錯，我說的就是星期二。沒錯！」外婆說：「他在電話旁邊坐了

兩天。他知道自己的職責，並且善盡了他的職責，儘管他並不喜歡這件任務。這是非常了不起的，你們明白嗎？這是非常了不起的！你們要拿他做榜樣！現在讓我們都站起來高呼：星期二萬歲！」

那群少年一躍而起。小帽波妮把雙手做成喇叭形狀放在嘴巴前面。瑪塔阿姨和愛彌兒的母親從廚房裡走出來，大家一起高喊：「星期二萬歲！萬歲！」

隨後大家又坐下來。星期二深深吸了一口氣，說：「謝謝。不過這樣說太誇張了。換作是你們，你們也會這麼做的。沒錯！一個真正的男子漢就會去做該做的事。我說完了！」

小帽波妮把那個大壺高高舉起，大聲說：「嘿，還有誰要再喝一些？現在我們要為愛彌兒舉杯！」

第十八章

從這個故事學到了什麼教訓？

那群少年在傍晚時告辭，並且要求愛彌兒務必答應他們，隔天下午和小帽波妮一起去小教授家拜訪。之後姨丈回來了，全家人就一起吃晚餐。飯後姨丈把那一千馬克交給他的大姨子蒂許拜恩太太，建議她把錢存進銀行裡。

「我本來就有這個打算。」蒂許拜恩太太說。

「不行！」愛彌兒大聲說：「這樣一點意思也沒有。媽媽應該要買一個電動吹風機，再買一件有毛皮襯裡的大衣。我實在不懂！這明明是我的錢，我想怎麼花就怎麼花！不對嗎？」

「你不能想怎麼花就怎麼花，」姨丈向他解釋，「因為你還是個孩子。這筆錢要怎麼處置，得由你母親來決定。」

愛彌兒從餐桌旁站起來，走到了窗前。

「天哪，老爸，你真頑固，」小帽波妮說：「你難道看不出來，愛彌兒多麼盼望能送他母親一點東西嗎？大人有時候實在是講不通。」

「當然要買吹風機和大衣給媽媽，」外婆說：「可是剩下的錢要存到銀行裡，對吧，孩子？」

「是啊，」愛彌兒回答：「媽媽，你同意嗎？」

「如果你這個大富翁非要這麼做不可的話！」

「明天一早我們就去買。波妮，妳跟我們一起去！」愛彌兒心滿意足的大聲說。

「難道你以為我會待在家裡抓蒼蠅嗎？」他表妹說：「不過你也得替自己買點東西。除了買吹風機給阿姨，你也要給自己買一輛腳踏車，知道嗎？不然我的腳踏車都快被你騎壞了。」

「愛彌兒，」蒂許拜恩太太擔心的問：「你騎壞了波妮的腳踏車嗎？」

「哪有，媽媽，我只不過是把坐墊調高了一點，她騎車時總是把坐墊調得很矮，太蠢了，我想要看起來像個賽車手。」

「你才蠢咧，」波妮喊道：「你再亂調我的腳踏車，我就跟你絕交，知道嗎？」

「小鬼，假如妳不是女生，不是瘦得像根電話線，我就會好好教訓妳一頓。更何況我今天不想生氣，話說回來，我想用我的錢買什麼東西，又不關妳的事。」說完愛彌兒倔強的把一雙拳頭插進褲袋。

「別吵架，也別打架，不如把對方的眼珠子給挖出來算了。」外婆安撫他們。這個話題就被擱下了。

稍晚，姨丈下樓去遛狗。其實海博德一家人根本沒養狗，可是每次姨丈晚上出去喝杯啤酒時，波妮就會說她爸爸去遛狗了。

隨後外婆、瑪塔阿姨、愛彌兒的媽媽、小帽波妮和愛彌兒坐在客廳裡，聊起這幾天是多麼刺激。

「嗯，這件事或許也有好的一面。」瑪塔阿姨說。

「當然囉，」愛彌兒說：「我肯定學到了一個教訓：不該相信任何人。」

他母親說：「我學到了絕對不能讓小孩子獨自搭車出遠門。」

「胡說！」外婆咕噥著，「全都說錯了，全都說錯了！」

「胡說！胡說！胡說！」小帽波妮一邊唱著，一邊騎著一張椅子在房間裡跑來跑去。

「妳的意思是說，從這件事當中根本學不到什麼教訓？」瑪塔阿姨問。

「可以學到教訓。」外婆說。

「是什麼呢？」其他人異口同聲的問。

「錢一定要用匯票寄。」外婆嘟囔著，自己咯咯咯笑了起來，像個音樂盒。

「呼哈！」小帽波妮喊道，騎著她的椅子到臥房去了。

讀者回響

獨立又勇敢的愛彌兒！

●張楷菲（宜蘭縣光復國小）

看完這本書，我最有印象的一篇是〈大頭針大有用處〉，因為愛彌兒把錢別再外套上，於是鈔票上有了針孔，這個孔洞也成了指認小偷的重要證據。

我想跟故事中的小教授學習，因為他就像一位顧問，以明智的方法了解所有人的問題，再依照大家的能力分配所有事情，對我這個不會分配事情輕重緩急的人來說很受用，推薦給不太會分配工作的人。

●**黃祥祐**（宜蘭縣光復國小）

看完《小偵探愛彌兒》後，我的感觸很深。

這本書的大意就是愛彌兒必須把錢拿給阿姨家的外婆，結果在坐火車時，錢被人偷走了，於是愛彌兒不斷跟蹤小偷，而在這之間他也從朋友那邊得到了許多幫助，最後在跟蹤二天一夜後，終於抓到了這位小偷。

我很欣賞愛彌兒錢被偷時，不但沒有慌張，還很冷靜的跟蹤小偷。我也很欣賞古斯塔夫，因為他不但想了很多辦法，也找了很多人來幫忙。而我最欣賞的人是「星期二」，因為在偵探會議中，他被選中做「電話總機」，雖然他想跟其人一起去跟蹤小偷，但他還是做了這個工作，而且很認真，在抓到小偷前，他都坐在電話邊，連睡覺也睡在旁邊，非常盡忠職守。

看完這個故事，讓我學習到遇到急難時，一定要冷靜，想好解決的辦法，逐步解決難題，最後就能成功。如果一開始就慌亂的話，沒辦法冷靜的思考，當然就沒辦法解決問題，甚至整個情況會變得更糟！

所以這本書讓我學習遇到任何事，都要冷靜，才能好好的處理後續，才是解決事情最好的方式。

●吳暄蓁（宜蘭縣光復國小）

令我印象最深刻的是〈偵探會議〉這一章，寫到了大家分工合作，每個人運用自己的能力一起抓小偷，最後終於將小偷繩之以法。

愛彌兒遇到人生中突如其來的困境，不但沒有放棄，反而還以智慧來化解難題。雖然台灣是個治安較好的的國家，沒什麼小偷，但我們還是能學習愛彌兒獨立又勇敢的態度，來面對每一件事情！

小麥田世界經典書房03

小偵探愛彌兒
Emil und die Detektive

作　　者　耶里希．凱斯特納（Erich Kästner）
繪　　者　華特．特里爾（Walter Trier）
譯　　者　姬健梅
封面設計　達　姆
校　　對　呂佳真
責任編輯　汪郁潔

國際版權　吳玲緯
行　　銷　闕志勳　吳宇軒　余一霞
業　　務　李再星　李振東　陳美燕
副總編輯　巫維珍
編輯總監　劉麗真
事業群總經理　謝至平
發 行 人　何飛鵬
出　　版　小麥田出版
115台北市南港區昆陽街16號4樓
電話：(02)2500-0888
傳真：(02)2500-1951
發　　行　英屬蓋曼群島商家庭傳媒股份有限公司
城邦分公司
115台北市南港區昆陽街16號8樓
網址：http://www.cite.com.tw
客服專線：(02)2500-7718｜2500-7719
24小時傳真專線：(02)2500-1990｜2500-1991
服務時間：週一至週五09:30-12:00｜13:30-17:00
劃撥帳號：19863813　戶名：書虫股份有限公司
讀者服務信箱：service@readingclub.com.tw
香港發行所　城邦（香港）出版集團有限公司
香港九龍土瓜灣土瓜灣道86號順聯工業大廈6樓A室
電話：852-2508 6231
傳真：852-2578 9337
馬新發行所　城邦（馬新）出版集團 Cite (M) Sdn Bhd.
41-3, Jalan Radin Anum,
Bandar Baru Sri Petaling,
57000 Kuala Lumpur, Malaysia.
電話：+6(03) 9056 3833
傳真：+6(03) 9057 6622
讀者服務信箱：services@cite.my
麥田部落格　http://ryefield.pixnet.net
印　　刷　前進彩藝有限公司
初　　版　2019年08月
初版七刷　2024年04月
售　　價　320元

ISBN 978-957-8544-15-4

國家圖書館出版品預行編目資料

小偵探愛彌兒／耶里希．凱斯特納（Erich Kästner）作；姬健梅譯. -- 初版. -- 臺北市：小麥田出版：家庭傳媒城邦分公司發行, 2019.08
面；　公分. --（小麥田世界經典書房；03）
譯自：Emil und die Detektive
ISBN 978-957-8544-15-4（平裝）

875.59　　108007640